メディアワークス文庫

軍神の花嫁

水芙蓉

目　次

始まりは闇

空には月。

細い細い、今にも空にのみ込まれそうな月。

弱々しい光は、鬱蒼《うっそう》と生い茂る森になんとか降り注がんとしていたが、木々の合間をすり抜けるのは叶《かな》わず、消えてなくなる。

故に、森の中は闇。


だが、静寂ではない。

闇の中では、何かが蠢《うごめ》く音や、不気味な鳴き声。時に争うような甲高い響きや、呻《うめ》き声《ごえ》も起こった。

そして、足音。

静かに、乱れることなく、粛々と続く足音。

または、呼吸音。

ざわめく森の中、むしろ異質な、静かな、静か過ぎる音。

音の根源は、人――男だった。

男もまた、闇を纏《まと》う。

フードを深々と被《かぶ》り、全身を漆黒のマントに包んでいる。

昼間であれば、人が行き交うのであろう道を、一人で歩いている。


不意に足音が止《や》んだ。

同時に、あれほどざわめいていた森が、ピタリと静まり返る。

闇の中に、ふと二つの小さな光が浮かんだ。

おぞましい、血のような真っ赤な光。

「待っていた」

静寂を破ったのは、男の声。

それを合図としたかのように、一気に森がざわめきを取り戻す。

先ほどよりもそれは騒がしく、禍々《まがまが》しく――そして、どこか恐怖と歓喜を含んでいるように聞こえた。

だが、それも闇に一筋の光が浮かんだ瞬間に、再び静けさに変わる。

残ったのは、ハアハアと耳障りな獣の荒い呼吸音と、対するように静かな男の呼吸音だけ。

光は男の構えた剣だった。

自ら光を放つ剣に照らされて、フードの奥に隠されている男の面が僅かに現れる。

もし、そこに男以外の人があったなら、その者はかの男の瞳に釘付け《くぎづ》けになっただろう。

右の金、左の黒。

だが、そこに人はない。

男の前にあるのは、巨大な獣。

おぞましい赤い光は魔獣の瞳だった。

男は剣を獣に向けた。

実に無造作な仕草で。

獣が咆哮《ほうこう》を上げ、男へと飛び掛かる。

細い光が闇にのみ込まれ。

そして、瞬く間に姿を戻す。

少しの翳《かげ》りを帯びながら。

ドサリと音がして、巨大な闇が地面へ倒れ込む。

男が、剣を一振りすると、翳りが払われ、清冽《せいれつ》な光が戻った。

光をマントの中へと戻せば、そこには闇。
男は歩き始めた。

森はざわめきを戻す。
あと、数時間。
太陽が月にとって代わるその時まで、闇の支配は続くのだ。

第一章

1

その日、朝からオードル家は、慌ただしさに包まれていた。

走らないようにと躾《しつ》けられている使用人達は、早足で屋敷《やしき》内を動き回り、今日のためのレシピを、一年も前から考えてきた料理人は、昨夜から厨房《ちゆうぼう》に籠っている。

主人のオードル氏は自慢の髭《ひげ》のチェックに余念なく、オードル夫人は今日の主役の装いに一点のミスも許さないと、かしずく侍女に目を光らせている。

かつてない熱気がオードル家に漲《みなぎ》るのをよそに、サクラは白い息を吐きながら領地内の林を、暢気《のんき》に散歩していた。

「なんだか、大変ね。まあ、アオイのお披露目だから、しょうがないのかしら」

サクラは肩に乗せた、小さな友達に話しかけた。

今日は、オードル家の三女であり、サクラの二つ年下であるアオイの十六歳の誕生日だ。

そして、その日は世の慣例どおり、彼女の正式なお披露目の日となる。

世間では「オードルの天使」と呼ばれているアオイ・オードル。

金色に程近い茶色の巻き髪と、翡翠《ひすい》のような緑の瞳。

物静かで、常に謎めいた微笑《ほほえ》みを浮かべている当代一と名高い美少女。

いまだお披露目を終えていない身でありながら、内々の求婚は、既に両手に余るという噂《うわさ》だ。

今日のお披露目を無事終えた暁には、求婚者が屋敷の外にまで連なるだろうと、彼女を知る誰もが確信していた。

しかも、今日は皆に気合を入れさせる、もう一つの理由がある。

普通ならば一貴族の娘のお披露目に訪れるはずもない『高貴な方』とやらがいらっしゃるらしいのだ。

そんな訳で、オードル家は秘蔵の三女のお披露目を失敗させてはならないと、殺気立ってさえいた。

「アシュ、今日はおとなしくしててよ」

淡いグレーのフワフワした毛並みを持つ愛らしい魔獣は、そ知らぬ顔でぴょんぴょんと跳ねる。

一見リスにも見えるこの子は、しかしながら炎を操る魔獣だ。

何かに追われたのか、衰弱し庭の隅に蹲《うずくま》っていたのを、サクラが拾い上げて以来、こうして、いつも側《そば》にいてくれる。

人に従う魔獣は使い魔と呼ばれ使役されることが多いが、サクラにとってのアシュは友達と呼ぶのが相応《ふさわ》しい。

この友達は、体に見合った小さな炎を口から出すことしかできないが、それでも、ちょっとした悪戯《いたずら》をしでかすには十分な力だ。

それを時折無邪気に放つ小さな友達に、普段は寛容な家人達も、今日は絶対許してくれないだろう。

軽やかなサクラの足取りに合わせて、左右の肩を行ったり来たりしていたアシュが、不意にピタリと止まった。

サクラも、ふとした気配に気づき、歩みを止める。

「何か、いる？」

チッとアシュが応える。

傍らには、大きなシイの樹《き》。

常緑樹の大木は、この寒空の中でも青々とした枝を大きく広げている。

サクラは周りを見回し、誰もいないことを確認すると、樹へと手をかけ、軽々とそれを登った。

「あ……」

木の上にいたのは、純白の魔獣だった。

紺碧《こんぺき》の瞳が現れた闖入者《ちんにゅうしゃ》をじっと見つめていた。

なんてきれいな。

少し大きな犬ぐらい。
太い幹に寄り掛かり、四足を枝に垂らしている。
そよそよと吹く風に、柔らかそうな毛並みがそよいでいた。
きれいな、とてもきれいな魔獣だった。
だが。
後ろ足の一部分だけ、毛の色が変わっていた。
血。
赤とも茶とも言える独特の色彩だ。
「怪我《けが》をしているのね」
それだけでなく、随分と衰弱しているようだ。
サクラは眉を寄せた。
「誰かの使い魔かしら」
これほど大きな魔獣が、単独で街に現れるとは考え難《にく》い。
主がどこかにいると考えるのが妥当だ。
もう一度、周りを見回してみるが、やはり人影はない。
意を決して、手を怪我した足に伸ばすと、白い魔獣は小さく唸《うな》って威嚇する。
「大丈夫。少し見るだけ」

優しく声をかけると、魔獣は少しの間サクラを眺め、やがて牙を納めた。

だが、まだ警戒心は解けず、ピリピリと毛が逆立っている。

触れた感触で、骨に異常はなさそうなことに安心しながらも、魔獣の呼吸が短く苦しげであることに、サクラの胸は痛んだ。

この魔獣には、邪悪さを感じないから。

できれば、助けてあげたい。

「お前が望むなら、私の血をあげるけど」

そっと、純白の耳の後ろを撫《な》でる。

その時、魔獣の穏やかな警戒心が、不意に研ぎ澄まされた。

サクラはとっさに、白い魔獣を庇《かば》うように抱きしめて、身を潜めた。

「アシュ、静かにね」

白い魔獣の背に乗っていたアシュが、サクラと魔獣の間にすっと身を隠す。

少しして、馬に乗った二つの人影が見えてきた。

やがて、声も聞こえてくる。

「……は、取り逃がしたんだな？」

低く通りの良い《い》声だった。

喧騒《けんそう》の中でも、きっと鮮明に届くだろうと容易に想像させる声だ。

「はい。目撃証言のあった黒い魔獣については、残念ながら……それから」

答える声も男。

口調から、この二人の主従関係が知れた。

「先ほど、サラの骸《むくろ》が見つかったと、伝令がありました」

サラという名前に、獣の耳がピクリと反応した。

近づいてきた男達は、共にマントを身につけ、フードを被っている。

だから、顔は見えない。

声の感じから、揃《そろ》って若者であろうことだけは想像ができたが、どんな表情でこの会話をしているのかは分からなかった。

「取り逃がした魔獣の探索は続けろ。だが、見つけてもむやみに手を出すなと伝えておけ」

淡々とした会話。

多分、仲間であろう者が殉死したのだろうに。

まったく悼む風でもない。

「御意」

従者は短く答えた。

「ところで」

と、話題を変える。

「オードル家のお嬢さま方の美しさといえば、広く知られておりますが、お聞き及びですか」

ちょうどシイの樹にさしかかった辺り。

サクラは、早く行ってしまって欲しいと思いつつ、男が振った会話に興味を持った。

しかし、話しかけられた当の男は、さして興味もないようで返事さえなかった。

「ご長女のキキョウ様は、まるで女神のようだと評判ですよ。オードル家は男子がいませんからね。キキョウ様が家を継がれるのでしょうが、それに相応しい気高い方だそうです」

サクラはキキョウの姿を思い出す。

彼女はとても美しい。

アオイが天使ならば、確かにキキョウは女神と呼ばれるに相応しい。

そして、彼女は己がこの家を継いでいかねばならないという義務に耐えうる強《したた》かさも持っている。

「妻は、静かでおとなしければ良い」

男は言った。

ああ、それなら。

サクラが思ったことを、従者が口にした。

「今日、お披露目の三女のアオイ様は、今年で十六歳ですから、少々若過ぎるかとも思いますが、大層可憐《かれん》な方だそうですよ。物静かでとても穏やかな方だと」

そう、アオイは手先を使うことと、読書が趣味というとても愛らしい少女だ。

自ら進んで何かをするというタイプではなく、また、与えられたものを拒むこともない。

男の言う妻の条件にはぴったりだろう。

なるほど、どうやら、この男性はアオイの求婚者ということになるらしい。

しかし、この男の雰囲気はなんだろう。

身分の高さは従者の態度から知れるが、それよりも。

そこにいるだけで空気が張り詰める。

側に寄る者を知らず跪《ひざまず》かせ、従わせるような。

サクラの感じる男への畏怖は、抱いている魔獣にはより感じられるのかもしれない。

ピリピリと尖《とが》った神経を殺して、彼はなんとかじっとしているようだった。

サクラが木の上で、早く男達が立ち去るのを待っていると、不意に男の乗る馬の足が止まった。

そして、上を、サクラがいる方を見た。

見つかった!?

サクラは思わず魔獣を抱きしめながら、首を竦《すく》めた。

だが、男は何もなかったかのように再び歩き始める。

二人がかなり遠ざかってから、サクラは魔獣を抱いたまま話しかけた。

「お前のご主人様はサラというの？　亡くなってしまったのね」

首から背中にかけて撫でながら、話しかける。

「後を追う？　自由になる？　回復したいなら血をあげる。大丈夫。私はお前の主にはなるつもりはないから」

言って、サクラは持っていた懐剣で手の平を切った。

チリとした痛みが走るが、構わず魔獣に差し出した。

獣は少しの間手の平を眺め、やがて赤い舌を差し出し、サクラの提案を受け入れた。

「元気になったら、早くここを離れた方がいいわ。今日はたくさん人が集まるの。狩人《かりゅうど》もいるかもしれない」

流れ出た血を魔獣が嘗《な》め終えるのを待って、まずはサクラが木から軽やかに降り立った。

なんとなく、男達が去った方に目を向ける。

先ほどの従者は主にオードル家の長女と三女のことを語ったが、次女についてはちらりとも口にしなかった。

そして、男も尋ねなかった。

まあ、そんなものだ。

次女のサクラ・オードルは世間から忘れ去られがちな存在なのだ。

「さて、と。帰って、着替えないとホタルに怒られるわ」

アオイのお披露目に、サクラがいてもいなくても一緒だが、それでも出ないと後で両親と世話係の幼馴染《おさななじみ》がうるさい。

「アシュ、帰るわよ」

サクラは、木の上で大きな魔獣と戯れる小さな友達の名を呼ぶ。

降りてきそうにないのを感じて、仕方なく一人で屋敷へと向かった。


かくしてアオイのお披露目は始まったのだが、サクラは早々にその場から逃避していた。

アオイが姿を見せた時の場内のどよめきは、今日のために時間もお金もかけた両親を、そしてアオイを敬愛する家人達を大いに満足させたに違いない。

一通りのアオイの紹介の後に始まった祝宴の騒がしさを避けて、サクラはバルコニーの隅に座り込んでいた。

この時期の寒さは薄いドレス一枚の身には厳しいが、騒がしい場所に独りでいるよりマシだった。

周りが騒がしければ騒がしいだけ、サクラは孤独になる。

「アシュの馬鹿。なんでいないのよ」

寂しさに、白い魔獣の元から戻ってこないアシュに恨み言の一つも言ってみたが、気分が晴れるはずもない。

オードル家には三人の娘がいる、という事実は、とても忘れられがちだ。

何故《なぜ》なら。

美貌の長女と三女に挟まれた次女は、とても凡庸だった。

見た目も中身も。

何も秀でたところがない。

極めて普通。

あえて言うなら、小さな魔獣を手なずけることは得意だが、これも貴族の子女としての嗜《たしな》みからは大きく外れている、というよりもおおっぴらにできることではない。

普段はまだいいのだ。

小さな魔獣を従える平凡な娘を、家族や家人は、受け入れてくれる。

ただ、こういう場所は、サクラをかなり不安定にさせる。

両親の顔を立てるために、サクラを誘わなければいけない人も可哀相《かわいそう》だし。

これが次女だと紹介された相手の、自分を見る時の落胆の目にも疲れた。

冷えた体を自分の腕で抱き、頭を伏せる。

こういう場所は――憐《あわ》れみや蔑みが横行するこういう場所は、普通で良いから、せめて前向きにいようとするサクラを後ろ向きにさせるのだ。

少しの間、自分で作った闇にいると、柔らかく暖かいものに包まれた。

顔を上げれば、

「お前……」

朝出会った白い獣が、サクラを抱くように座っていた。

チッと小さく鳴いて、薄情な友人もサクラの膝に戻ってくる。

「元気になった？」

サクラの血により、多少回復したのか、今朝より体が大きくなっていた。

本当はもっと大きいのだろう。

この獣は、サクラの使い魔になるような小物ではない。

「暖めてくれるの？」

獣は、肯定するように、フワフワの尾でサクラの頬を撫でた。

「ありがとう。でも、ここにいてはダメ。中に人がいっぱいいるの」

サクラは立ち上がった。

「私なら大丈夫。もう中に戻るわ」

サクラが言った時、背後で激しい悲鳴が上がった。

続いて、叫び声が響く。

「魔獣が！　魔獣があ！」

振り返ると、恐怖に引《ひ》き攣《つ》った顔の女性が、ヒステリックに悲鳴を上げ続けていた。

その傍らで、男が中に向かって喚《わめ》いている。

聞き付けた人々が集まり始め、場内が騒然としているのは、見なくても分かった。

サクラは白い魔獣に囁《ささや》いた。

「逃げて。早く」

だが、魔獣はサクラから離れない。

サクラを主と認めた訳でもなさそうなのに。

「サクラ!?」

人垣を割って、バルコニーに現れた姉が、サクラを呼ぶ。

「サクラ！　サクラ！」

姉の隣にいる母親が真っ青な顔でサクラを呼ぶ。

誰もが、サクラが魔獣に襲われていると思っている。
サクラが、違うと、この魔獣には害意はないのだと、叫びかけた時。
人混みがすっと開かれ、一人の男が、歩み出た。
既に手には、刃を晒《さら》した剣が握られている。
明るい場内を背にしながら、その剣は一際鋭く光り輝いていた。
魔獣が、男に牙を剝《む》く。
そして、すぐさま、白い魔獣は、サクラのドレスをくわえて引っ張った。
この魔獣は私がここから逃げたがっていたことに気づき、叶えようとしている。
だが、この行動はまずい。
動揺。悲鳴。喚き声。
男が、剣を構えた。
違う。
襲われているのではない。
この子は、何も悪いことなんてしていないのに。
「逃げなさい」
サクラが魔獣に告げる。
魔獣が、サクラから離れ。

男が剣を魔獣に向けて放つ。
勝手に体が動いていた。
白い魔獣を庇うように、サクラは剣の前に。
胸を貫く感触。
不思議と痛みはない。
ただ熱い。
「逃げて。お願い！」
真っ白になる頭で、なんとか魔獣に伝える。
立っていられなくて、膝をつく。
必死に、後ろを見やれば。
白い魔獣が走り去るのを、視界の隅に確認することができた。
逃げて、なるべく遠くに。
この男に捕まらないように、遠くに。
意識が遠《とお》退く。
一際、甲高い悲鳴が上がり、辺りがざわめく。
突風が、自分の周りを渦巻いた。
その風の向こうに、男を見た。

そんな気がしただけかもしれない。
もう何も感じない。
見えない。
サクラは意識を手放した。

一人の娘が倒れている。
剣を胸に受けた瞬間を人々は見た。
誰もがその死を覚悟した。
瞬間、娘の体は風の渦にのまれ、今は静かに横たわっている。
娘の体に剣はない。
あってしかるべき、血溜《ちだ》まりも、傷痕さえない。
娘は、ただ眠っているようだった。
一人二人と娘に近づく。
「サクラ！」
オードル家の長女が、駆け寄る。
「触れるな」
低い声。

荒らげた口調ではない。

むしろ何の情もない。

にも関わらず、声は娘に近づこうとした者達の動きを、完全に封じた。

「誰も触れるな。『それ』は俺のものだ」

彼は、ゆっくりとした足取りで倒れている娘に近づき、そして、傍らに膝をついた。

そして、男は何も持たぬ両手で、娘を軽々と抱き上げた。

「カイ様」

男の従者が近づく。

「連れて行く。あとは任せた」

端的に。

従者は恭しく頭を垂れ。

「御意」

男は、従者にも、呆然《ぼうぜん》と成り行きを見つめている観衆にも、そして、腕に抱く娘にさえ視線をやることなく、歩き出した。

2

サクラはどちらかといえば寝起きは悪い方ではない。

目覚めたと思ったら、起き上がり、さっさと着替えて執務室に向かうキキョウほど良くはないが、起きて一時間はまともに動かないアオイほど悪くもない。

その点でも、オードル家の次女は極めて普通だった。

この日の朝も、目を覚ましたサクラは、窓から差し込む日の高さを確認しようと、肘をついて体を起こした。

ここまではいつものとおり。

「？」

何か、いつもと違わない？

例えば、日差しの注ぎ方とか。

例えば、シーツの香りとか。

例えば、体に巻きついた慣れない温《ぬく》もり……とか？

「え⁉」

勢いよく身を起こし、周りを見回しぎょっとする。

何か違わない？　とか、暢気に思っている場合ではない。

知らない部屋。

知らないベッド。

そして――呆然と見下ろすその先には。

知らない男。

「何……コレ」

窓に霜が降りようかというこの時期にさえ、温もりを感じるはずだ。

サクラは男に包まれるがごとく、抱かれて寝ていたのだから。

「どういうこと……？」

泣きたい気持ちを抑えて、じりじりと男から離れてベッドの端まで行き――そのベッドの広さに心で文句の一つも呟《つぶや》きながら、そっとベッドから降りようとする。と。

「どこに行く？」

いきなり声をかけられて、反射的に振り返った。

寝ていると思っていた男の瞳が開かれている。

サクラは状況を忘れて、その男の瞳に見入った。

オッドアイ！

初めて見る彩りだった。

男の瞳は、右が金で左が黒のように見える。

明らかに左右の色が異なっている。

その瞳が眇《すが》められ、男はゆっくりと肘の分だけ身を起こす。

優雅で、だけど隙のない身のこなしはサクラが昔一度だけ目にしたことのある野生の竜を思い出させた。

が、男が身を起こしたことで、瞳に気をとられていた思考が勢いよく巡り、パニックに陥る。

男はどうやら、裸らしかった。

いや上半身が裸なのは、気がつきたくはなかったが、気がついていた。

しかし、身を起こして滑り落ちたシーツは、かなりきわどいところで、かろうじて留《とど》まっているに過ぎず、考えたくはないが男が全裸である可能性を高い確率で示唆していた。

茫然自失《ぼうぜんじしつ》。

ベッドから降りる気力もなく、サクラはそのままへたり込んだ。

「昨夜のことは覚えているか？」

少しの間を置いて、男が尋ねてくる。

あまりにのんびりとした調子だったので、しかも、その声が低くてとても心地好《ここちよ》かったので、なんだか、こちらも少し落ち着いたようだ。

サクラは昨夜のことを少し思い返してみた。

アオイのお披露目、白い魔獣、放たれた剣、貫かれた体。

「えーと……ここは天国、ではないのでしょうか？」

逆に尋ねると、男は少し笑った。

まったく無表情にも見えた男が、笑ったことに少し感動。

だが、身を起こそうとする男には動揺。

「え、ちょっと待って！　起きないで」

サクラが止めると、男は気がついたように動きを止めて、扉に向かい声をかける。

「マアサ」

すぐに扉が開いて、中年の女性が入ってきた。

「この娘を着替えさせて、俺の部屋へ連れて来い」

女性は膝を折って、とても正しい礼をする。

「承知いたしました」

それだけで、サクラは、この男が何らかの高い身分を持ち、躾《しつけ》の行き届いた使用人を雇う立場にあることを知ることができた。

「こちらへ」

女性に促されて立ち上がると、サクラは手を引かれて部屋を出た。

出る寸前に少し振り返って男を見ると、男もあのオッドアイでサクラを見ていた。

「さ、どうぞお入り下さい」

女性に通されたのは、今しがたまでいた部屋と、一枚の扉で繋《つな》がった部屋だった。

こちらも寝室らしく、部屋には隣の部屋ほどではないものの大きなベッドが置かれている。

マアサと男が呼んだ女性は、そのベッドを通り過ぎて、サクラを部屋の奥へと導いた。

「急なことでしたので、あまりドレスもご用意できなかったのですが、どれかお好みのものがございましたら」

マアサが示した先には、クローゼット。

明らかに高級品と分かる衣類がずらりと並んでいた。

あまり、ですか？

その言葉が本気か謙遜かは分かりかねたが、目の前に並ぶドレスの量は半端ではなかった。

数えるまでもなく、現在、サクラが持っている数を上回っているだろう。

「お嬢さま？　どれになさいますか？」

ドレスを選べと促される。

選んで良いものなのか。

サクラは困っていた。

女性を見つめ、正直にそれを口にする。

「すみません。私、自分の状況が摑《つか》めていないのですが」

言うと、マアサは少しだけサクラに同情の目を向けた。

「申し訳ありませんが、私もよく存じあげないのです。詳しいことはカイ様にお聞き下さいませ」

カイ様――というのが、先ほどの男性の名前なのだろう。

サクラは小さくため息をついて、壁の一角に掲げられた大きな鏡に映った自分を見た。

覚えのない白い夜着を身に纏っている凡庸な娘。

どう考えても、並ぶ美しいドレスを選べる身ではない。

だからといって、夜着のまま、ここに籠っている訳にもいかないだろうから。

「私、こういうものには疎いのでお任せしても良いですか？」

マアサに言う。

彼女は驚いたようだったが、にっこり笑って一着のドレスを手に取った。

ドレスを着終わってから、マアサが随分苦労して長い髪を結ってくれた。

身なりを整えて隣の部屋へ戻り、今度は反対側にある扉をマアサはノックした。

返事がないのを気にする風もなく、マアサは扉を開けると、サクラの背を軽く押すようにして、中へと促す。

そこにいた男は、一応衣服を身につけていた。

羽織った上衣の前ボタンは留められておらず相変わらず逞《たくま》しい肌を晒していたし、本来は締めるべき腰紐《こしひも》も解かれている。

長い手足を持て余すように、ゆったりとソファに腰掛けて、何やら書類に目を通していた。

サクラがマアサにまたもや背を押されるようにして前に立つと、男は書類から視線を上げる。

しばしサクラを眺め、続いて見ていた書類をサクラに寄越した。

見るともなく見てみると、そこにはサクラの経歴が――大したことは書かれていないのは一目瞭然だったが、書かれている。

「オードル家の次女の話は聞かなかったな……まあ、話題にするほどでもないということか」

随分な言われような気もするが、当たっている。

だから、何も言わずに聞き流して、サクラがされたように男を眺めた。

サクラと対照的に、男は実に話題にのぼりそうな容貌をしていた。

印象的なオッドアイは先ほど思ったとおり、金と黒。

男であることを誇示するような荒々しい輪郭は、それでも洗練されており、男の容姿が飛び抜けていることをサクラは認識した。

男が立ち上がる。

目の前に立たれて、彼がサクラの知る誰より長身であることも知った。

だが、そのどれも彼が誰なのかを明かしてはくれない。

男の手が不意に上がり、サクラに伸びる。

サクラの体が後ずさるのを、男は気にした風もなく、手をサクラの背後に。

何をされたか、分からなかった。

ただ、男の手が髪に触れたのは分かった。

「カイ様！」

マアサの咎《とが》める声。

頰や首に触れる感触で、男が結い上げた髪を解《ほど》いたのだと気がついた。

まとめるのに苦労する艶やかな髪は、あっけなく形を崩しサクラの背を覆った。

「カイ様、このようなお戯れは困ります」

苦労の結晶を呆気《あっけ》なく崩されて、マアサは大きく肩を落とした。

それでも再度まとめようと、髪に手を触れれば、それを男が止めた。

「いい。そのままにしておけ」

「ですが」

言い募ろうとするマアサを男が遮る。

「それはここから出ない」

男の意思は絶対。

それは明らかなようで、マアサはすぐに折れ、サクラの髪を梳《す》くだけに留めた。

男は命令することに慣れていて、そして、従わせるだけの威厳を備えていた。

男の指が、解いた髪を一房取る。

緩やかに波打って流れる優しげな茶色は、己の容貌がいかに平々凡々でつまらないかを自認するサクラが、唯一美しいと言っても許されるかもしれないと思っているものだった。

だが、年端もいかない子供ならともかく、年頃の娘が垂らし髪のままでいることは憚《はばか》られた。

長く垂らした髪がだらしなく見えないかと、不安だった。

美しくはなれなくとも、せめてきちんとしていたいのに。

マアサを見ると、諦めたように微笑むだけ。

サクラの不安をよそに、男は解いた髪を指に絡めては離す、を繰り返した。

「あの」

サクラが意を決して口を開くと。

「カイだ」

男が言う。

名前だと気がついた。

「カイ・ラジル・リューネス」

男が名乗ったフルネームを聞いて、ちょっと考える。

どこかで聞いたような……リューネス？

「……あ、皇帝陛下と同じ」

と、間抜けにも口に出して言い。

「え？　え？……ええ!?」

皇帝と同じ姓を名乗れる者など、限られているではないか。

その妻と、継承権のある者のみ。

あとは、たとえ血の繋がりがあっても、その姓は名乗れないのだ。

ということは。
「カイ様は皇帝陛下の第二皇子であられます」
マアサが親切にも教えてくれる。
サクラは無礼にもまじまじと、目の前の男を見つめた。
皇帝の第二皇子。
身分が高いとかいうレベルではない。
その存在は、この国の権威そのものと言っても過言ではない。
今日、何度目か分からない恐慌状態に陥ったサクラに追い討ちをかけるような男
――カイの一言。
「サクラ・オードル。お前は今日から、ラジルを名乗ることになる」
このまま、気絶してしまいたい。
それが正直なサクラの気持ちだった。

カイはその後、意外にも親切に、事と次第を話してくれた。

低い声が語る話は、サクラの記憶にある風景と重なったり離れたりしながら、事実として認識されていく。

白い魔獣。

閃光《せんこう》を放つ剣。

愚かにも、自らを盾にしたサクラ。

そして、貫いた刃。

「剣は、今、ここにある」

カイの手の平が、実に無造作にサクラの胸に触れた。

カッと頬が熱を帯びたが、あまりにカイが気にしていない風なので、何も言えない。

この人にしてみれば、犬猫に触れるようなものだろう、と自分に言い聞かせてみる。

「剣は鞘《さや》にお前を選んだ」

サクラはカイの手の平を眺めた。

「ここに、剣が……」

実感はない。

だが、刺さったはずの剣はなく、傷さえもない。

何よりも、サクラは生きている。

カイは頷《うなず》く。

「俺の剣は、代々リューネスに伝わる破魔の剣だ。使い手を自ら選ぶ」

使い手以外が触れても、魔を断つことも、人肉を断つことさえできない。

ここ百年ほどは、剣は使い手を選ばず、ずっと皇家の宝物殿に飾られるだけの存在だった。

十年と少し前、カイは元服した際に、剣に使い手として選ばれたのだ。

以来、カイは片時も剣を手放すことなく、国家間の争いと魔獣狩りに身を費やしてきた。

「この剣は使い手の元にある限り鞘がない」

常に刃を晒しながら、魔を威嚇し、人を脅かし、自らが破魔の剣の使い手であることを示すのだ。

「そして、剣は鞘も自ら選ぶ。剣はお前を選んだ」

話は分かった。

何故、サクラが選ばれたのかという疑問はあるが、剣が選んだと使い手が言うのだから、そういうことなのだろう。

だが。

「何故、私、ラジルになるんでしょう?」

当然の疑問。

そういう決まりごとでもあるのだろうか?

「それが、お前を側に置く方法として、最も簡単だからだ」

カイはあっさり言った。

「年頃の娘を屋敷に留めるとなると、妻に迎えるのが一番手間がない」

つま？

サクラはその単語の意味を、掴み損ねた。

「幸いなことにお前は家柄も年齢も、何の問題もない。ああ、もし恋人がいるなら……」

「妻？」

カイの言葉を遮る。

「妻って、妻⁉ 冗談ですよね⁉」

カイは眉を顰《ひそ》めた。

無作法だったと反省しつつ、声音を落として訴える。

「侍女とか、他に方法が……」

「侍女を寝室に伴うのは、周りがうるさい。特にマアサは許さんだろうな」

カイが言い捨てる。

再び聞き逃せない言葉。

「し、寝室？」

「俺は可能な限り、剣を身近に置いておく。当然眠る時もだ」

ああ、それで今朝も一つのベッドに寝ていたのか。

「分かったな」

分かりたくなかった。

分かりたくなかったが頷いた。

相手は皇子で、破魔の剣の使い手だ。

サクラの主張が通るはずもない。

カイにとってこの話が大したことではないのが分かる何気なさで、あっさりと話題が変わる。

「ところで、あの魔獣はお前の使い魔か？　使い魔を庇う主など、聞いたことがないが」

サクラは、諦めに近い脱力感を覚えながら答えた。

「勝手に体が動いてしまったんです……ご迷惑をおかけして申し訳ありません」

カイの指が、俯《うつむ》き加減だったサクラの顎を摑み、顔を上げさせる。

「詫《わ》びはいらない……で？」

顎の手が動き、無骨な指が再び髪を取るのを眺めながら、続ける。

「あの子は私の使い魔ではありません。主はサラという方のようです……亡くなったらしいですけど」

髪を弄んでいた指先がピタリと止まる。

「あれは、サラの使い魔か」

呟き。

その反応に、サクラはふと気がついた。

「あ、あの時の二人連れ？……ですか？」

カイも気がついたようだ。

「あの時、木の上にいたのはお前とサラの使い魔か」

やはり、あの時、男は木の上の存在に気がついていたのだ。

だが、それよりもサクラを慌てさせたのは。

「ご所望はアオイですよね？　重ね重ね申し訳ありません」

どっぷりと落ち込む。

しかも、これは、両親の期待も裏切ったことになるのではないだろうか。

両親が迎え入れることに躍起になっていた『普通なら訪れることのない高貴な方』というのは、このカイのことに違いない。

両親はアオイこそを、カイに輿入《こしい》れさせたかっただろう。

さらに。

あの騒ぎの後、祝宴はどうなったのか。

考えれば考えるほど、気分が暗くなっていく。

「おい」

黙ったサクラの髪をカイが引っ張る。

「俺は妻など静かでおとなしければ、誰でもかまわん」

確かにそう言っていた。

だが、サクラは静かでおとなしくはない。

「おとなしく静かにするよう努力します」

本気で誓った。

ここでカイの不興を買おうものなら、どんなことになるのか。

もはや、想像さえできない。

「あ！」

急に思い出した。

「確かに、静かではないな」

カイがため息をつくのに、もう一度詫びて口を閉じた。

少しの沈黙の後。

「で、なんだ？」

カイが聞いてくれる。

さっきから思っていたのだが、この人は。

身分ゆえの不遜さと、その人ゆえの圧倒的な威圧感の中に、とても穏やかで優しいものを感じさせる。

「私の使い魔はどうなったのでしょう？」

小さな灰色の使い魔。

カイは、ふと表情を消した。

「あれは、消えただろう。あの小さい魔獣では、剣の気にさえ耐えられないはずだ。サラの使い魔は逃げ延びたがな」

「そう……ですか」

消えてしまったのか。

サクラは呟いて黙った。

何か言うと涙が零《こぼ》れそうだったから。

この場で、泣くべきではないことは承知している。

「分かりました」

少しの沈黙が流れ、扉の向こうからマアサの声がカイを呼ぶ。

カイはサクラを置いて、部屋を出て行った。

一人になった部屋で、サクラは肩の力を抜いた。

ぐったりと体が疲れていて、どれだけ自分が緊張していたのかと少し笑えた。

どうすれば良いのか分からない、と思いかけて。

ただ、ここにいれば良いのだと——それしかできないのだと気がついた。

3

あとになって考えてみれば、あの瞳を見た時に気がつくべきだったのだ。

金と黒の瞳。あの瞳を持つ者が二人といるはずがない。

キリングシークの第二皇子。大国の両翼を担う双璧の一。


他国を制する巨大な軍を統べ、魔を討つ狩人を束ねる『漆黒の軍神』。

その人が光り輝く金の瞳と、深く沈む黒の瞳を持つことは周知の事実だ。

だが、まさかその神と呼ばれる存在に自分が関わることになるとは思いも寄らないことで。

だから、間抜けにも本人に名乗られるまで、気がつきもしなかった。

今でも、その『軍神』の妻になった実感はない。

だが、ここに連れてこられて早一週間、自分に何を求められているかは、分かり始めていた。

要するに剣の鞘なのだ。

サクラはここに、カイの傍らにおとなしく存在していればいい。

それ以外は、何も求められていない。

そう納得してみれば、置かれた状況はそれほど悪くない気がする。

凡庸な能力も、十人並みの容姿も、ここではそれ以上は必要ないのだから。

私は、ここで軍神が剣を召すのを待てばいい。


とは言っても、暮らしている以上、何かとあるもので。

目下のところの懸案は、マアサのありがたくも面倒な申し出だった。

「私、今のままで構いません」

マアサの提案にサクラはそう答える。

「ですが、今のお部屋は先々代の皇太后様がお使いだったお部屋で、若い奥方様向けではございません」

サクラのいる屋敷は、カイが平素暮らしている場所となるらしい。

先々代、つまりカイの曽祖父が別荘として使っていた屋敷で、規模は小さいものの、襲来にも備え堅固な造りを誇っている、らしい。

現皇帝がいる首都の城からは、馬で駆けて半時ほどの距離にある、らしい。

全てマアサから聞いたことだが、なるほど、調度品は新しくはないがどれも一級品だし、趣味も良い。

マアサは、サクラが使う部屋が、老婦人向けであったことを憂いて、模様替えを勧めていた。

落ち着いたアイボリーの壁と濃い茶色のカーテン。その人の好みで誂《あつら》えられたことの分かる数々の家具や調度品。

サクラの身には余る品物ばかりではあったが、だからといって取り替えるほどでもない。

まして、マアサはサクラ向けに調度品を誂えることを提案しているのだ。そんな恐れ多い……贅沢《ぜいたく》は身に余る。

「私、あの部屋を気に入っているので、模様替えはいりません」

マアサは、少しの間考えていたが、やがて納得してくれたようだ。

「分かりました。では、このお話はなかったことにいたしましょう」

「そうして下さい」

マアサは言って、サクラのためにお茶を淹《い》れてくれた。

この屋敷には、二十人ほどの使用人がいるらしいが、サクラの世話をしてくれるのはこのマアサだった。

ここに連れてこられて一週間。

ほとんど部屋から出ないサクラにとって、マアサと、それからカイだけが、この屋敷で接する人間だった。

その二人にも、さほど心が開けるはずもなく。

悪くない環境だと思う一方で、少々辟易《へきえき》しているのも事実。

サクラは窓から外を眺めた。良い天気だ。家にいた頃は、こんな天気の日は、アシュを連れて散歩に行くのが日課だった。

「奥方様、お茶が入りました」

マアサに言われて、カップを手に取る。

「そういえば、奥方様。ドレスやアクセサリーですが、カイ様からは奥方様が望まれるだけご準備するようにと申し付けられておりますが……」

サクラはぎょっとして、マアサを遮った。

「いりません！」

クローゼットに並ぶドレスや装飾品は、一週間経《た》った今に至っても身につけていないものの方が多い。

これ以上、必要とは思えない。

「ですが」

「私、ここから出ないんですよね？　じゃあ、余分なものはいりません」

いくら着飾ったところで、たかが知れているのだ。

美しいドレス達だって、より似合う人に着て欲しいはず。

「奥方様、夫のために美しく着飾るのも妻としての務めでございますよ」

カイはサクラにそんなことは望んでいないと思う。

マアサだって、気がついているはずだ。

サクラが事実上のカイの妻ではないことを。

彼は、サクラを抱きしめて眠るけれど。それはそれだけでしかないことを。

それでも、奥方様と呼び、妻としての心得を説くのか。

「着飾るのは苦手なんです」

飾れば飾るだけ、空回りしている気がする。

今、この時だって。

マアサに着せられたドレスやアクセサリーが、到底似合っているとは思えない。

「お任せ頂いてよろしいですか？」

マアサに言われて、諦めを含んで頷いた。

「奥方様は……」

マアサが何か言いかけた時、ノックが響いた。

「はい」

マアサが答えると、扉が開き深々と頭を下げた執事が現れる。

「失礼いたします。奥方様、殿下がお召しです」

執事が前に立って歩き、後ろにはマアサがそっと付いてくる。

部屋から出たことがほとんどないサクラは、あっちへ曲がりこっちへ曲がりを繰り返しているうちに、自分が歩いている場所がどこなのか、まったく分からなくなっていた。

一人だったら、間違いなく迷子だ。

やはり、あの部屋からはむやみに出ない方が賢明だろう。

そんな思いに辿《たど》り着《つ》いた頃に、ようやく、執事は一つの一際大きな扉の前で足を止めた。

「失礼いたします。奥方様をお連れしました」

部屋の扉を開けて、真っ先にサクラの目に入ってきたのは。

姉であるキキョウの姿だった。

背筋をピンと伸ばした凛《りん》と美しい姿で、キッと見据えている。

目の前に立つ長身の男を。

「姉様？」

呼びかけると、男から目を離し、サクラを見てほっとしたように笑みを浮かべた。

その笑みも、また、美しいから。

サクラはそっと笑みを返しながら、息苦しさを覚える。

カイの目には、美しい姉はどう映るのだろう。

「サクラは生きている。納得したらさっさと帰れ」

カイは静かな口調でそう告げた。

キキョウは再び鋭い視線を投げかけた。怯《ひる》むことなく、まっすぐに尊大な皇子を射抜く。

「殿下。もう一度お願い申し上げます。妹をお返し下さい」

まるで、絵画のようだ。

戦いの女神のように、猛々《たけだけ》しく気高く。

「もう一度言おう」

男もまた軍神。

女神の激しさをのみ込むような静けさで答える。

「サクラは俺のものだ」

一枚の絵画を見るように。舞台の一部を観《み》るように。

他人事《ひとごと》のような、絵空事のように、サクラはそれを眺めていた。

男から語られる「サクラ」は自分ではなかった。

この男の言うサクラとは、剣のことだ。

「キキョウ様。そちらには、使者を遣わして話は通したはずです。第二皇子とは言え、皇族との縁組はご両親もお喜びでしたが」

側に控えていたカイの側近のタキが、そっと耳打ちするように語りかける。

そんなこともしていたのか。

サクラの知らないところで、いろいろと事は進んでいるらしい。

「式もなく、誓いもなく、攫《さら》うように連れて行き、屋敷に閉じ込めて……何が喜ばしいものですか」

苦々しいものを吐き出すように。

とても辛《つら》そうな顔をする姉に、サクラが近づこうとするのを、カイの視線が止める。

「式など何の意味がある？　いったい何を誓う？　剣がサクラの中にある。それだけで十分だ」

そう、それだけ。

カイにとっては、それだけだ。

そして、サクラは。

「私の妹には意思も感情もあるのです」

姉は引かない。

「剣がサクラを選んだことは、今更、何を言っても仕方のないこと。ですが、それを理由にサクラを手元に置くのは、殿下の勝手ではありませんか。サクラの意思がどこにあるというのですか」

キキョウは強い。

「剣は殿下が必要とされる時にはそのお手元に戻ると聞いております。サクラは、ここに留まる必要はないはずです。お返し下さい」

強くて、正しい。

そして、カイは。

その冷たい金と黒は、何の感傷もなく、キキョウを見下ろすばかりだ。

キキョウは、まるで動かないカイの感情に焦《じ》れたように声を荒らげた。

「私の妹は、殿下の剣に選ばれただけの、普通の娘なのです！」

カイの心を動かそうというように。

募る言葉は、だが、サクラをえぐった。

姉の言葉に悪意がないことは分かっている。だが、世間では、同じ言葉が悪意を含んで囁かれている。

誰もが思っている。

剣がたまたま選んだだけの、何の取り柄もない普通の娘。

それが、それだけの理由で、皇子妃殿下という地位を手に入れた、と。

「領地の散歩が好きで、小さな使い魔と戯れることが好きな普通の娘なのです。時が来ればしかるべき方に嫁ぎ、幸せな家庭を築くこともできるでしょう。それを、殿下は全て奪って……正妃という立場はそれに代わるほどのものでしょうか。サクラは……」

必死に言葉を綴《つづ》るキキョウに、サクラは心で呼びかけた。

でも、姉様。

でも、私は。

「帰れ。もちろんサクラは置いて、一人で、だ」

キキョウの視線がサクラへ向く。サクラとよく似た緑の瞳には、諦めが浮かんでいた。

サクラは一歩足を進めた。

カイの不興を買うことを承知で、ここへ来てくれたことに感謝している。

サクラのことを、本気で心配してくれたことにも。

それを伝えたくて、キキョウを抱きしめたかった。

だが、それは叶わなかった。

カイの腕がサクラの腰を抱き、片手で軽々と抱き上げたから。

「あ」

カイがキキョウに背を向けて部屋を出ようとする。

キキョウと向き合うことができたサクラは、唇を嚙《か》み締《し》める姉に向かって告げた。

「姉様。私、ここにいます」

カイの足が止まった。

「……降ろして下さいますか？」

小さく呟くと、カイはあっさりとサクラを降ろした。

カイに一言礼を言い、姉に近づいていく。

「サクラ」

姉の前に立って、まっすぐに視線を合わせる。

「姉様……私、大丈夫。ここにいます」

私はこの人のように美しくもなければ強くもない。

だけど、少なくともここにいることは、あの男に望まれているのだ。

それが剣に対しての執着だとしても。

でも、望まれているなら、それに応えたい。

何もできない凡庸な私だけど、それでも良いならば。

キキョウの首に手を回し、抱きしめる。

「姉様。ここに来てくれて、ありがとう」

それだけ告げて、カイの元へ戻った。

キキョウは眉を顰め、やがて、複雑な笑みを浮かべる。

そして、優雅に一礼をして、部屋を立ち去った。

キキョウを見送り、自室へ下がろうとしたサクラをカイが呼び止める。

その上で、部屋にいた全ての者を下がらせた。

「お前は式を挙げたいか？　誓いの言葉が欲しいか？」

カイに尋ねられて、サクラは意外に思う。

サクラが望めば、カイはそれを叶えるのだろうか。

サクラは首を振った。

そんな形式ばかりのものがなんになるだろう。

「剣がここにあることが全てだと、貴方《あなた》がおっしゃった」

己の胸に手の平を当てた。

「だから、それでいいのです」

取り繕うだけの結婚式や、紛《まが》い物《もの》の誓いはいらない。

剣がサクラの内にあり、カイがそれを求めている。

それだけが真実だから。

「ならば、俺の言葉で誓おう」

カイがサクラの胸元に手を置く。

「お前は俺のものだ。だが、約束しよう。お前が俺の傍らにある限り、お前のことは俺が護《まも》る。魔であろうと、人であろうと……お前を決して傷つけさせない」

呆然と見上げるサクラの額に、カイはそっと口づけを落とした。

「マアサ。サクラを部屋へ」

呼ばれたマアサが現れると、サクラは一礼をして部屋を退出した。

部屋を出てしばらくすると、心臓がドキドキと躍り、顔が赤くなってくる。

マアサがそれに気がつかないことを祈りながら、自室までの道を急いだ。

4

日々は、毎日同じことが続いているようで、少しずついろいろなことが変わったり、何かが起こったりしている。

それを楽しめたらいい、と思う。

オードルにいた頃だって、辛いことはあったけど、でも楽しいことだって、たくさんあった。

だから、ここでも、そうなれたらいいと思った。

この屋敷に、自らの意思とは関係なく連れてこられたサクラは、受け身でいることしかできなかった。

与えられた部屋で、限られた人とだけ接する。

囚《とら》われの身であることに甘んじて自ら動かないなら、そうすることしかできなかった。

でも、ここにいる、と自ら選択したことで、サクラは少し吹っ切れたような気がしていた。

自分自身で選んだんだから、もう少し頑張ってみない？

そんな感じ。

手始めに、少しずつ部屋の外に出るようにしてみた。

一人では迷子になりそうだったから、マアサと一緒だ。

そうしたら、あっという間に屋敷は、顔見知りだらけになった。

ここの使用人は古くから第二皇子に仕えている者ばかりで、皆――どれほどサクラという存在の意味を知っているかは知らないが――突如、主の妻として現れたサクラに、好意的に接してくれる。

カイの側近の一人、タキ・スタートンは、文人で主にカイの皇子としての職務を補佐している。文人とは思えないがっしりとした体に、金髪碧眼《きんぱつへきがん》の美男子だけど、すごい愛妻家なのだとか。

もう一人の側近シキ・スタートンは、タキの双子の弟。見た目はそっくりだけど、こちらは武人で、独身。宮中では、誰がシキの妻の座を射止めるか、熾烈《しれつ》な争いが繰り広げられているとか……納得。

執事のロウは、一番の古株。孫ほど歳《とし》の離れたサクラにも一糸乱れぬ礼儀を尽くしてくれて、いつもサクラは恐縮しながら感心している。

料理長のレンは、マアサの旦那様。いつも、おいしい料理を作ってくれる。彼の作る焼き菓子は最高だ。

侍女で一番若いのは、カノン。若いといっても、子供が二人いる。きれいで少し怖そうだが、話してみたら、実はとても優しい人だった。

いろいろな人と触れ合うことは、もちろん痛みを伴うこともあるけど、やっぱり楽しい。

ここでも、ちゃんと楽しいことはある。

ただ、この屋敷の主が、こうしたサクラの行動を、どう思っているのかは分からない。

かの人は、何も言わないから。

サクラが人と関わっていくことを、この屋敷内にサクラの存在が拡《ひろ》がっていくことを、どう感じているのか。

もしかしたら、関心がない、というのが一番の正解かもしれないが、少なくとも、よくは思っていないだろう。

彼にとって、サクラは、剣の鞘だから。

本当はおとなしく、そこにあるだけの存在を求めているのかもしれない。

でも、それは無理だった。

サクラは、意思も感情もある人間だから。

そして少なくとも、マアサはサクラの変化をとても喜んでくれているようだった。

*

公務から戻ったカイに、奥方は庭にいると教えたのは、執事だった。

カイが行くとも言わないうちに、同行していたタキが「では、ご挨拶に」などと言いながら、さっさと先に歩き出す。

カイは執事にマントを渡し、身につけた正装を寛《くつろ》がせながら庭に向かった。

サクラは庭をのんびりと歩いている。何か目的がある訳ではなさそうだ。

サクラが気がつくには遠い場所で、タキが足を止めていたので、カイも同じように止まる。そして、タキが見ている先——サクラを見た。

サクラは少し後ろを歩くカノンと、時折、何か話していた。話すたびに、後ろを振り返り、笑ったり、困ったような表情をしたり。

遠目にも、様々な表情が見て取れた。

「普通の娘さんですね」

呟いたのはタキ。

カイは答えず、サクラを眺めていた。

こんな風に、あの娘を眺めるのは初めてだ。

夕暮れの日差しが、サクラの髪を照らしている。茶色の長い髪。光を受けて、艶めく樹木を思い出させる優しい色だ。

ここに連れてきた時に、偶然手に触れたそれが、あまりに柔らかく心地好かったので。結うことを止めた。

今も、髪は解かれ、冷たい風に揺られている。時折、強い風が吹くと、それは乱れて。傍らにいたカノンが手を差し延べて、髪をまとめる。

カノンに向けられるのは、また、笑顔。

マアサが言うには、娘は最近になって変わってきたという。

閉じこもっていた部屋を出て、使用人とも関わりを持つようになった。一時は喉を通らなかった食事も、きちんと取るようになったし、よく話し、笑うのだそうだ。

もっとも、それらはカイにとっては、大した関心事ではない。

あの娘は、ここに、カイの側に存在することこそが、唯一だった。

だから、「そろそろよろしいのではありませんか」と続いたマアサの言葉の意味は、一瞬分からなかった。

マアサは、サクラの世話を一手に引き受けている。

カイがサクラを抱いていないこと――実の妻としていないことは、分かって当然なのだろう。それを娘が状況に慣れるまでカイが時期を待っていると、聡《さと》く優しい侍女が考えたのも分かる。

正妃として迎えた以上、それは必然としてあり、いずれは跡継ぎも求められるだろう。

しかしながら、カイにとっては、サクラは剣が選んだ鞘でしかなかった。

いずれは、と思ったことはあるし、もし、サクラの方で、少しでもそれを望む素振りがあれば、そんな行動の一つも起こしたかもしれない。

だが、サクラはカイの予想以上に、己の状況を弁《わきま》えていた。

皇子の正妃としての権勢を誇示するでもなく、妻という立場を利用してカイに何かを求めるでもない。カイがそうであれば良いと思ったとおり、ただ、そこにいる。

「今だから申し上げますが」

タキがぼそりと呟いた。

「オードル家の次女殿といえば、ひどい噂も聞いておりました。その真偽は問うまでもなく、そのような噂があるという時点で正直、正妃としてお迎えするのに迷いもあったのですよ」

手順も、何もかもすっ飛ばして攫ってきたサクラを、改めて正妃として迎えるために、タキにはかなり骨を折らせた。カイは視線で続きを促した。

「身分も、容姿も、才能も……いずれも奥方様より秀でた方はいくらもおりますので……むしろ鞘としてのお立場のみであれば正妃とする必要があろうはずもない、とも」

かねてより伴侶を求める素振りさえなかった第二皇子に、鞘とは言え侍《はべ》ることを許されたという事態が、様々な権力のせめぎ合いにも発展していたであろうことは、カイとて想像に難くない。

「ですが、奥方様はこの状況をよく理解されて、しかも最善を尽くそうとしていらっしゃる」

サクラに視線を戻せば、ちょうどカイに気がついたカノンに促され、こちらに顔を向けたところだった。

「確かに、特に秀でたところのある方ではございませんが……妃殿下は……」

タキは言葉を探しているようだ。

「そう、とても、魅力的だと思います」

カイは答えなかった。

いまだ、カイにとってサクラは、鞘の娘でしかない。

だが。

カノンに導かれてカイの方へと歩いてきたサクラが、膝を折って頭を下げる。

「お帰りなさいませ」

出迎えの言葉は、柔らかく心地好い。差し延べた手に、躊躇《ためら》いながらも載せられる手は、温かい。

娘の存在は、カイを不快にすることは、何一つとしてなかった。

5

その気配に、カイの眠りは妨げられた。

少しの間、瞳を伏せたまま探り、やがて、静かに瞳を開ける。

傍らには温もり。地位と権力を振りかざして手に入れた名目上の妻は、カイの胸元で、何かから身を守るように丸くなり眠っている。

目覚めさせぬように静かに体を起こし、ベッドから降りる。バルコニーに足を進め、僅かに軋《きし》ませながら扉を開いた。

深夜に相応しい、冷たさの増した風が吹いている。カイはそれが部屋に入り込むのを嫌い、扉を閉める。

「お前か」

今夜は、満月。

白い魔獣が、光を背に立っていた。

「タオ」

亡き主の定めた名を呼ぶと、白い魔獣は牙を剝いた。

その名を呼ぶな、と。

主であるサラ以外には、名を呼ぶことさえ許さぬ、と言うように。

サラは、カイが最も信頼していた狩人の一人だ。

カイに忠誠を誓う狩人達の多くが、戦うに相応しい体や技を持つ者である中、サラの存在は異端といってよかった。

既にこの世にない姿がカイの脳裏を過《よぎ》る。

純白の髪と紺碧の瞳の娘。

その面は妖艶さをも湛《たた》え、嫋《たお》やかな肢体は剣の一振りさえも難しいように見えた。

少なくとも、その姿だけを見れば、彼女は然《しか》るべき寵《ちょう》を受け、庇護《ひご》されるべき存在であっただろう。

だが、彼女は並みいる狩人達に臆することもなく。

『カイ様、私には剣を振るう腕も、戦場を駆け巡る脚もございません』

魔獣討伐の軍を率いるカイの前に跪いた。

『ですが、私には唯一無二の盟友がおります。破魔の剣の主たるカイ様の御前に参上することは叶いませんが、必ずやカイ様の治世の一助になってみせましょう』

そして、その言葉のとおり、サラは狩人としてカイの信頼を勝ち得たのだった。


だが、いくら信頼関係が成ろうとも、カイは破魔の剣の使い手。

常に剣を晒し、魔獣を屠《ほふ》る者。

サラの魔獣の姿を見ることは、決して叶うものではなかった。


それが、今、こうして目の前に在る。

『私の盟友の名はタオ。私と同じ白い毛色と紺碧の瞳を持つ巨大な美しい狼《おおかみ》です』

サラの言葉どおり。

「美しいな」

率直な感想を述べる。

その魔獣は、カイが対峙《たいじ》し、そして絶ってきた、どの獣よりも美しかった。

「何しにきた？」

今、主を失ったこの獣は、何を求めてここへと現れたのか。

紺碧の瞳に、理と智《ち》さえ湛えて佇《たたず》む獣にカイは問うた。

白い魔獣は、その澄んだ瞳を、カイを通り越した向こうへと向けているようだ。

「サクラ……か」

カイは、眠る娘の名を口にする。

ピクリ、と白い耳が反応した。

主を失った魔獣が、闇に堕《お》ちるのは珍しいことではない。一方、新たな主を求めることは、ほとんどない。

本来、魔獣は闇の部族であり、孤高の輩《やから》だから。

だが、どうやら主を失ったこの魔獣は、サクラの気配を求めてここまで来たのだ。

「諦めろ。あれは……俺のものだ」

そして、身の内に破魔の剣を抱く者。魔は近づけない。

白い獣は、焦点をカイへと戻した。敵意はない。しかし、カイには絶対に服従しないという意思が見えていた。

カイは獣に腕を差し出した。

「俺に忠義を誓えとは言わん」

獣は再び、部屋の奥へと視線を投げた。見えるはずのない娘の気配を探すように、じっと。

「タオ、俺の血を受けるがいい。そして、お前が護るべきものを護れ」

タオは、男の口から出た己の名に、今度は牙を剝かなかった。

牙を男の腕に寄せ、すっと滑らせれば、瞬く間に鮮血が滴る。

それを、ペロリとひと嘗めし、一時、カイを見つめた。

「使い手の血だ。味わえ」

再び舌が差し出され、あとは憑《つ》かれたように零れる深紅を嘗め取っていく。

カイの血を受け入れるごとに、銀の毛並みは輝きを増し、やがて全てを嘗め尽くして見上げる瞳は深淵《しんえん》たる蒼光を湛えていた。

この姿こそが、サラが盟友と呼ぶこの魔獣の真の姿なのであろう。

「行け。血が必要ならば、いつでも応える」

魔獣は、カイの言葉を、言葉にしない思い全てを分かっているかのように。

やがて、フワリと浮く軽やかさで闇へと姿を消した。

部屋へ戻り、冷えた体をベッドに横たえる。

「ん……？」

サクラが身じろいだ。

カイが何も言わず、ただ引き寄せれば、少し身を引くように動いたが、再び穏やかな眠りにつく。

この娘は。

自ら、ここにいることを選んだ娘は。

いったいどんな娘なのだろう。

それは、初めての思い。

小さな使い魔を操っていたという。散歩が好きなのだと言っていたのは、あの姉だったか。

そういえば、オードルを訪れたあの時。木の上に感じた魔に足を止めた、あの時、この娘は魔獣と共にいたのだ。あの木の上に。軽く聞き流していたが、考えてみると、上位の貴族子女の行動ではない。

カイには見せない笑顔で使用人と語り、タキに魅力的だと言わせた娘。

そして、この娘の何が、あの魔獣を引き付けたのか。
使い手がいるこの場に、気高い魔獣を導いた娘——サクラ。
「サクラ……か」
カイは、初めてサクラという存在に興味を持った。
これは剣の鞘。
だが、人で、意思を持ち、話し、そして、温かく柔らかな——サクラ、なのだ。

第二章

1

「妻の一日は、夫より早く起きることから始まるのです」と、嫁入り前のサクラに説いたのは、母親だった。

となると、サクラの夫となった男は、とにかく気配に聡い。サクラが目覚めて、身じろぎ一つしようものなら、すぐに目を覚ますのだ。

今朝も、目覚めて、リネン越しに回されている腕から出ようとする素振りさえしていないのに、夫は目覚めた。間近で、金と黒に見据えられて、朝から心臓に悪いことこの上ない。

「……おはようございます」

母曰《いわ》く「寝乱れた夜着で化粧もしていない寝ぼけた顔を夫に見せるなど言語道断」だそうだが、もはや諦めの境地に限りなく近い。せめて、と笑顔――引き攣っているかもしれないが――で挨拶する毎日だ。

「ああ、おはよう」

きちんと返ってくる挨拶に下り気味だった気分を浮上させ、カイの腕から抜け出すように起き上がる。ベッドから降りて隣の自室の扉を開ければ、マアサがにっこり笑って挨拶してくれた。

「今日も殿下は起きてしまいました」

挨拶と、既にカイが目覚めていることを報告し、どうだとばかりに居並ぶ衣装から、マアサが準備したものを身につける。サクラの意図を察してくれたマアサは、極端に華美なものを避けて比較的シンプルなドレスを揃えてくれていた。

髪を結わないことは、その是非はともかく楽ではある。軽く梳いた後、うっすらと化粧をしてもらえば、サクラの準備は完了だった。


カイの寝室に戻ると、カイはベッドから降りてシャツを羽織っているところだった。その脇には、正装が一式準備してある。

あっさりと着替えを終えたサクラと違い、今日のカイはそうはいかない。

今日は、皇城へ上がる日なのだ。普段は、きっちりと服を身につけないことが多いカイも、さすがに陛下の御前には正装して出ざるを得ないようだ。

サクラは一応妻なので、着替えを手伝うことが、その役目の一つとなっていた。

「嵐でも来ればいいものを」

窓から差し込む光を確認し、カイが苦々しげに呟いたのに、サクラは心で笑いを零した。

殿下はどうやら登城がお嫌いらしい、と気がついたのは何度目の着替えの時だっただろうか。

正装に着替える時は、たいていご機嫌斜めなのだ。

そうは言っても着替えない訳にはいかない。サクラはカイの衣類を手に取り、カイが自身で身につけた黒ズボンと白いシャツの上に、膝丈の黒いローブを羽織らせた。

黒髪と黒ずくめの衣装。これが、カイが『漆黒の軍神』たる所以《ゆえん》だ。

ボタンを嵌《は》めていると、カイの長い指が髪に触れてくる。最初は、髪を伝うカイの動きに過敏になったものだが、慣れてしまえばどうということはない。

ボタンを嵌め終え、マアサの手を借りながら肩に黒い上衣をかけ、肩から胸元にドレープを作っていく。

実は、この作業は、どちらかといえば得意だった。父親が公の場に出る時も、よくこうして作業したことを思い出しながら、父が身につけていたものより数段上質な布地を折り込んでいく。質が良いだけに出来上がっていくドレープは美しく、サクラをなおさら楽しくさせた。

ドレープを作り上げた後は、肩で留め金で留める。深紅の宝石をあしらった留め金が、黒の布地に鮮やかに映えた。

程なく完成した出来映えを確認していると、ツンと髪が引っ張られ、頭上から声がかかった。

「楽しそうだな」

サクラはカイを見上げた。カイの不機嫌は少しナリを潜めているように見えた。

「好きなんです。この作業」

答えながら、少し離れて最終チェック。気になる数箇所の皺《しわ》を直して「できました」と、カイとマアサに伝えた。

「着せられている俺は、堅苦しくて嫌いだがな」

サクラはマアサと目を合わせて、少し笑った。

馬の準備ができたとの知らせに、サクラは膝を折り頭を下げた。

「行ってらっしゃいませ。お気をつけて」

カイは不機嫌を背負ったまま出掛けていった。

カイの妻という立場に落ち着いて、早二ヶ月になろうとしている。

カイの日々は実に多忙だった。登城は週に二日程度。それ以外は、この屋敷内の執務室でタキやシキと執務にあたっている。次々と陳情や請願に訪れる者達と話し、伝令が届けばそれに指示を出したり、場合によっては自ら出掛けたりする。

それでも、マアサが言うには一頃に比べれば、よほど落ち着いているのだそうだ。

一頃というのは、戦況が厳しかった頃のことだ。サクラのように比較的平和な領地内で暮らしていた者にとっては、あまり現実味のない世界。まして、ここ数年で世の中は、一気に平穏な時代を目指してまい進している。

だが、ほんの数年前まで、カイは日々を戦の中に置いていたのだ。

人と魔の両方を敵として。


帝国としての歴史を築いてきたキリングシークは、ここ数十年の間にその勢力を失いつつあった。

当代の皇帝は慈悲深くはあったが、強くはない。内にあっては家臣の堕落に歯止めをかけることはできず、対外的には小国の反乱や同盟国の反旗を食い止めることができなかった。一時は、まさに傾国の危機を迎えていたと聞いている。

それを救い、大国を復活させたのが、皇太子であるガイと第二皇子であるカイだということは、半ば伝説のように語られている。

まだ少年と呼ばれる年齢だったにも関わらず、二人の皇子はキリングシーク復興を確信させる知性と理性と、そしてカリスマ性を備えていた。数は少なかったが良心的な家臣達によって守《も》り立《た》てられ、その能力を帝国内に示していった。

そして、カイが剣に選ばれたことにより時は訪れたのだ。

疲弊した軍は「伝説の剣」の復活に国の再建を確信し、決起し、列強の国々を制していった。「破魔の剣」の目覚めは、戦によって生じる瘴気《しょうき》と血肉に歓喜し横行していた魔に対して、怯《おび》えるしかなかった人々に希望を与え、庇護を求めた数多くの小国を跪かせた。

皇太子のガイは皇帝に劣らず慈悲深く、そして皇帝にはない強靭《きょうじん》さと柔軟さを兼ね備えていた。

大国の次期君主は、軍神に跪いた人々を温かく迎え入れ、生きていく糧を与えて見守った。

キリングシークは、カイによって国々を力で制し、ガイによって各国の安定と繁栄を約束し、他の国々を自ら平伏《へいふく》させていったのだ。

人の世界は、まだまだ平穏な時代を迎えたとは言えないかもしれないが、少なくとも戦乱と呼ばれる時代は過ぎたのだろう。

しかしながら、人々が戦の波にのまれている間に見逃し続けた魔獣は、いまだ闇に棲《す》み、人々に恐怖を与え続けている。

一方、戦の中で日銭を稼ぐために魔を狩っていた荒くれ達の中には、訪れつつある平和な日々の中で己の使命を考える者が出てきた。

ただ漫然と、小さな魔獣を狩っているだけでいいのか、と。

そして、そういう者達が漆黒の軍神の元に集い、軍神が彼らを受け入れ、狩人の集団が出来上がった。それがいつの間にか一つの規律さえある一団となり、かつての荒くれ達は、今や確固たる地位を持つに至ったのだ。

とは言え、キリングシークの軍神の「狩人」は、国に属しているのではない。カイと主従関係の誓いを立てた訳でもない。自らカイの元に集結し、自らの意志でカイに従っている、そういう集団だった。

今、集団となることによって様々な力を得た優秀な狩人達は、大方の魔獣なら軍神を担ぎ出すことなく、討伐することが可能だった。

だが、それは、カイが魔獣狩りに出立する時は、そうせざるを得ない状況ということを示す。

狩人達では討伐することができない魔獣。破魔の剣を必要とするほどの魔。

カイが対峙する魔獣は、そういう存在なのだ。

幸いなことに、サクラがここに来てからは、その時はまだ一度も来ていない。剣は、今もサクラの中で、安穏と眠りについていた。

＊

城から帰ったカイは、人を呼ぼうとする執事を止めて、一人で自室に向かった。

今朝、サクラが仕上げた上衣は、馬で往復したにも関わらず、まだきれいなひだを描いていたが、留め金を外して脱ぎ捨てる。堅苦しいローブのボタンを外して一息つきながら寝室に入ると、奥に見えるサクラの部屋のドアは開けられていた。

意識した訳でなく、静かに近づき部屋の中を見やれば、サクラはラグの上に座っていた。こちらに背を向けていて、表情は見えない。

豊かな髪を、今は背中の中ほどでリボンでまとめている。一度まとまった髪は、ラグにまで届いて広がっている。

垣間見《かいまみ》えるサクラの周りには、マアサに請われてカイが届けさせた幾つものアクセサリーが広げられていた。

サクラは、その一つ一つを手には取るものの、身につける素振りさえしないで元に戻した。

ドレスやアクセサリーに、サクラがあまり興味を示さないことは、マアサから聞いている。

そもそも、ものを欲することがまずないという。

若い娘は、みな、自らを着飾ったり、周りを気に入ったもので埋めることに情熱を傾けるのだと思っていた。

サクラはいったい何に興味を示すのだろうか。

少し、気になった。

カイは扉をノックした。サクラは振り返り、そこにカイが立っていることに気がついて、慌てて立ち上がる。

「お帰りなさいませ」

近づいてこようとするのを手で留め、続いてそこに座れと示せば、察したサクラは素直に従い元の場所に座った。その隣にカイが座ると、驚いたようだが何も言わなかった。

「マアサは？」

並ぶ宝石の一つを摘《つ》まみ取《と》り、眺めながら尋ねる。

「夕食の支度に」

答えるサクラを見れば、カイの持つ小さな緑の宝石を眺めている。

「ここに一人か？」

あまり好ましくない状況を確認すると、それを察したサクラは急いで答える。

「先ほどまで、カノンがいました」

カイの主義で、使用人は最低限しかいない。それでなくても、マアサはこの家の多くを取り仕切っていて多忙なのだから、ずっとサクラの側にいる訳にはいかないのだろう。カノンとて自分の仕事がある。とは言え、いくら屋敷の中でもサクラを一人にするのは避けたい状況だ。

皇子の正妃であり、剣の抱き手なのだ。

カイは少し考えてから「なるべく一人にはなるな」と言うに留めた。さらにサクラが不安そうな様子を見せるので、何を不安に思っているのかを察し、付け加える。

「マアサやカノンに落ち度はないのは承知している」

ほっとしたようにサクラは頷いた。

「気に入ったものはあったか？」

サクラの不安を払拭するように話題を変え、カイが尋ねると、サクラは今度は目を丸くした。

カイ自身も、自ら会話を、しかも重要とも思えない話題で続けようとしていることに、驚きを感じていた。だが、もう少し、サクラと話をしてみたかった。

「どれもとてもきれいです」

サクラは、無難な答えを返してきた。確かにマアサの言うとおり、この宝石達はあまりサクラの関心を引くことはできないらしい。

「宝石やドレスには興味がないらしいが、どんなものなら喜ぶんだ？」

純粋な疑問。だが、サクラには、カイが買い与えたものに興味を示さないことに気分を害しているように映ったのかもしれない。

焦ったように、カイへと身を乗り出してくる。

「興味がまったくない訳ではないのですが、その……これは私のものでない気がすると言いますか……」

本当に、何に興味があるのかを聞きたかっただけなのだが。

しかし、サクラの答えには引っかかるものがあった。

「これらは、お前のものだ」

サクラは考えるように口を閉ざし、カイから離れて座り直した。膝に置いた手をじっと見つめている。やがて言葉は紡がれた。

「私以上にこれらに相応しい方はいくらでもいるのに？ ただ、私の元に来たという、それだけで、これらを私ごときが身につけるのが相応しいとは思えません」

己を卑下する言葉が発せられたことを、カイは意外に思った。

この娘は、こんな風に己を蔑んでいるのか。

カイは、タキが言っていたことを思い出した。「オードル家の次女のひどい噂も聞いていた」――というそれは、容姿の凡庸さについて語られるのは、マシな部類だという。

貴族の娘としての教養、品性の欠落が、さも真実であると囁かれ。優れた姉や妹に対する醜悪な嫉妬に囚われた憐れな娘であるかのように嘲笑《あざわら》われる。確かに、サクラの姉妹は美しい。己を見据えた姉の美貌。祝宴で見かけた美少女は、まさに天使だった。あの二人に挟まれたサクラは、さぞかし貧相な娘に見えたのだろう。僅かな事実や多大な偽りの入り混じった噂に、サクラがひどく傷ついたことは想像に難くない。

カイが言葉をかけようとしたその時。

「……今のは忘れて下さい」

突然、サクラが言った。そして、顔を上げる。

「ちょっと後ろ向き過ぎました。反省します」

カイへと向いてニコリと笑う。こんな風に、カイに笑いかけたのは初めてかもしれない。

「本当は、宝石もドレスもとても嬉《うれ》しいです。ありがとうございます」

再び、カイへと身を乗り出し「でも」と言い募る。

「こんなには必要ないと思いませんか？　何度マアサに言っても、どんどん増えるんです」

それには、先ほどの俯いて己を貶《おとし》めるようなことを言った娘の昏《くら》さはなかった。

接近する娘から零れ落ちた一房の髪を手に取り、カイは「無理に着飾る必要はない」と告げた。

先ほど、言い損ねた言葉を続ける。

「このままのお前で、俺は構わん」

サクラがこの言葉をどう受け取ったのかは分からない。関心がない、とも取れる言葉だった。

だが、少しして小さな声で「ありがとうございます」と答えがあった。サクラはきちんとカイの意図を読み取ったようだ。

どうして、この娘が己を卑下する必要があるのだろうか。

確かに、姉妹に比べれば容姿は劣るかもしれない。何か特別な能力がある訳でもない。

しかし、突然ここに連れてこられたにも関わらず、ここで一生懸命自分にできることをしようと尽くしている。カイの意図を察する聡さや、使用人に対する思いやりも、数えきれないほど目にしてきた。

サクラはとても良い娘であることを、カイはもう十分に知っていた。

「殿下？」

黙ったカイにサクラが首を傾《かし》げながら声をかける。

カイは手を伸ばし、サクラの背中で結ばれたリボンを解いた。フワリと広がる髪。

サクラの背中でその髪に触れながら、このまま少し腕に力を込めれば、サクラを抱き寄せることは難しくないと気がついた。

それをしなかったのは、求めていないからなのか、それとも自室に人の気配を感じたからなのか。

カイはサクラの髪を離し、立ち上がった。

2

その日は、朝から届け物続きだった。まもなく訪れる夏に向けて、数々の衣装が次々と届けられ、夕刻を迎える頃には、サクラの部屋は色鮮やかな生地に埋め尽くされた。

数に啞然《あぜん》とするサクラをよそに、「失礼します」の声と共に現れたマアサは、伴ってきた数人の侍女にテキパキと指示を出し始めた。

重々しい冬のドレスが運び出され、軽やかな夏のドレスがクローゼットに運び込まれていくのを、部屋の隅で複雑な思いで眺める。

カイに言ったとおり、並ぶドレスにまったく興味がない訳ではない。夏の暑さを凌《しの》ぐための涼しげな生地と色合いは、むしろサクラの好みだ。

だが、やはりこれがサクラのために誂えられ揃えられたと思うと、「私ごときに」という申し訳なさばかりが先に立つ。

サクラが下向き加減で見つめる先で、素晴らしい連携と働きを見せた侍女達は、ものの三十分ほどで衣更《ころもが》えを完了させた。

侍女達が部屋を退出した後、マアサに呼ばれてクローゼットを覗《のぞ》く。

その空間は、一足早く夏へと変貌を遂げていたが、サクラにはこれらを身につけるというプレッシャーがさらに重く圧《お》し掛《か》かるだけだった。

「サイズは大丈夫だとは思いますが、念のため、後で合わせましょう」

「……はい」

あまりありがたくない提案に答えながら、幾つかのドレスに手を触れる。どれも、柔らかく手触りがよかった。それに少し救われる。

その時、今日何度目になるか分からないノック音が響いた。

「妃殿下、オードル家からの届け物をお届けにあがりました」

そう言って、顔を覗かせたのは、カイの側近の一人であるシキだった。

また、届け物？　とは思ったが、オードル家からと言うし、シキが部屋まで持参するのもこれまでとは違う。

サクラはマアサを見た。

マアサは意味ありげに、にっこりと笑っただけだ。

キキョウがここを訪れて以来、サクラはオードル家と何度か手紙のやりとりをしている。

父親はアオイのお披露目の祝宴は散々だったと嘆きながら、結果としてリクラが皇家に輿入れしたことをとても喜んでいたし、母親は突然連れ去られてしまった娘を案じながらも、頑張るようにと励ましてくれた。

キキョウの手紙には、サクラに帰ってくるようにと匂わす言葉はなかったが、お披露目の場をめちゃくちゃにされたはずのアオイからは、恨み言の一つもなく、ただサクラがいなくて寂しい、会いたいと素直な心情が吐露されていて、逆にサクラの心を揺さぶった。

とは言え、いずれのやりとりにも、届け物には心当たりはない。

「さあ、どうぞ」

疑問符を浮かべるサクラには何も言わず、シキは扉の陰に声をかけた。

促されて、部屋に入ってきた者にサクラは目を見開いた。

明るい赤毛と、薄い茶色の瞳。そして、サクラより少しだけ背の高い、だけど小さな体。二ヶ月前には、毎日顔を合わせていた――

「ホタル!?」サクラは思わず、名前を呼んだ。

「サクラ様ぁ！」

幼馴染の世話係は、サクラを見るなり部屋へ駆け込んで抱きついてきた。

「本物ですよね？　生きてますよね？　よかったですぅ」

畳み掛けるように話し、サクラの顔をまじまじと眺め、ついにはぼろぼろと涙を零す。

相変わらずのホタル。

「……ホタルだ」

小さい頃から一緒にいる、使用人というよりは親友に近い存在の出現と、そのあまりに以前と変わらない様子。

マアサがびっくりしている。

シキが呆気に取られている。

でも、それらはサクラの頭から飛んでしまった。

ここに、ホタルがいる！

「ホタル！」

気がつけば、同じ強さで抱きついていた。

ホタルからは、オードル家の香りがした。そんなものがあるとは知らなかったけど、確かにホタルからは、ここにはない懐かしい香りがする。それは、ほんの少し前のサクラの周りに溢《あふ》れていたのに。

今は、ただ懐かしい。

「あれが、オードルから送られてきた侍女か？」

懐かしさは、突如、限りなく現実的な声に掻《か》き消《け》される。

サクラは、ホタルから少し離れ、扉へと顔を向けた。

「間違いなく、私がオードル家から受け取ってきた侍女ですよ」

シキが答え、一礼をしてから体をずらして、部屋の入口をカイへと開けた。

カイはすぐには中に入らず、扉に寄り掛かるようにしながら視線だけをサクラへと注いだ。

「お帰りなさいませ」

サクラはホタルから離れ、一礼してカイを迎える。

続いて、マアサとホタルがカイに膝を折り頭を下げた。

ホタルのその姿は、先ほどの騒がしさとは打って変わって、上流の貴族に仕えなれた侍女の優雅さを備えていた。こんなところも以前のままで、サクラはこっそりと笑みを零した。

カイは部屋へと入り、新しい侍女を見下ろした。

「お前がホタルか？」

「はい。ホタル・ユリジアと申します」

ホタルは、さらに深く頭を垂れる。

カイは頷き、サクラへと視線を移した。

特にいつもと変わることのないカイの視線を受けながら、サクラは戸惑った。

何がなんだか分からない。これを、カイに尋ねて良いものなのかさえ、分からなかった。

「カイ様が、奥方様のお世話をするために侍女を一人召したいとおっしゃるので、でしたら奥方様と歳の近い者をと、お願いしましたの」

サクラの疑問に答えたのは、マアサだった。

そういえば、以前、一人で部屋にいたのを見咎められたことがあった。一人にならないようにとは言われたが、ここの使用人は皆忙しく、それがなかなかに難しいことだとサクラは実感していた。

だから？

「まさか、オードル家から侍女を譲り受けるとは思いませんでしたわ」

マアサの言葉は、それがカイの判断によるものだと仄《ほの》めかしていた。

サクラの侍女とするために、わざわざオードル家からホタルを呼び寄せてくれたというのか。

「こんな騒がしいのが来るとは思わなかったがな」

言葉に言うほど、カイがホタルを厭《いと》っていないことは分かる。

本当に、カイがホタルを呼んでくれたのだ。

「大丈夫です。ホタルは猫を被るのがうまいので、殿下の前では完璧な侍女になれます」

あまりに嬉しかったので、思わず言っていた。言ってから、しまったと思ったが遅い。

「是非、そうして欲しいものだな」

カイが思いがけず、そう返してきた。

プッとシキが吹き出す。マアサがくすくすと笑っている。

ホタルは一瞬しかめ面をしたが、すぐにすまし顔になり、再度、惚《ほ》れ惚《ぼ》れするような流麗さでカイに礼をしてみせた。

カイは、少し表情を和らげてマアサを見やり、彼女が頷くのを確認する。その上で「ホタルはお前の侍女だ」とだけ、サクラに告げた。

そして、すぐに自身の寝室へと向かい、部屋を出て行ってしまう。

それに合わせて、シキが部屋を辞する。「では、ホタル、少し仕事の説明をしましょう」とマアサが言うのを背後で聞いていた。

サクラは急いで、カイを追った。

ホタルともゆっくり話がしたかったが、まずは、カイにお礼を言いたい。

とても……本当に、とても嬉しかったので。

「殿下！」

これが、親しい家族だったら、抱きついてキスの一つもしたいぐらいに。

カイは既に、続きの自室の扉を開けていたが、歩みを止めて振り返った。

「ありがとうございます」

もちろんキスなどできるはずもないから。

言葉だけで心苦しいが、精一杯気持ちを伝える。

「ホタルをお呼び下さってありがとうございます。心から感謝申し上げます」

カイは小さく頷いた。

「あの届け物は、気に入ったようだな」

「……とても」

答えながら、それが先日の会話を暗に含んでいることに気がついた。

ドレスも宝石も嬉しいです、ともう一度告げることは、空々しい気がした。どう繕ってみたところで、あの時サクラが零した本音をカイは聞いているのだ。

だから、どうしようかと一瞬迷い、「夏のドレスもありがとうございます……殿下」と付け加えるように言うことしかできなかった。

サクラの言葉を聞いていたカイは少し考えるような素振りをし、「慣れれば、というものでもないのか」と意味不明なことを呟いた。

サクラが首を傾げる。

「俺の名は知っているか？」

カイの問いかけは唐突だった。

もちろん、知っている。本人に名乗られる前から。その名を知らない者が、この国にいようはずがない。

「知っています」

答えれば、カイは間髪を入れずに続けた。

「いつまで『殿下』なのだ？」

言われた意味が分からない。

皇子は「殿下」だ。そう教育されてきた。間違ってはいないと思う。

「名で呼べと言っている。お前は俺の妻だ。もう少し打ち解けろ」

少し呆《あき》れたような声音が交じっていた。

そうは言われても、妻といってもそれは形式に過ぎない。

所詮は、剣の鞘、カイの所有物の付随に過ぎないという立場から言えば、せいぜい主従関係こそが相応しい。ここは一線を引いておくのが無難ではないだろうか。

だが、「だいたい、俺はそう呼ばれるのは好きではない」と好き嫌いで言われてしまえば、呼ぶしかない気がしてくる。確かに、この屋敷内でカイを「殿下」と呼ぶのは執事とサクラぐらいだ。残りの使用人は庭師に至るまで、カイを名で呼んでいる。

それが、この屋敷内でのルールだと言われれば従わざるを得ない。

「……分かりました」

答えたものの、呼べるかは自信がなかった。

「努力します」

正直に答えて立ち去ろうとするより僅かに早くカイの指が長い髪を取った。

カイは習慣のように、それが癖であるかのように、サクラの髪に触れる。

それが数少ない――ベッドで寝ている時は抱きしめられることもあったが、それ以外では――カイとサクラが触れ合う機会だった。

黙っていると、カイが軽く髪を引っ張る。

顔を上げて、色の違う瞳と視線を交わす。

「努力するんだろう?」

呼びかける必要もないのに、呼べません。

サクラが困るのを楽しむように、カイが見下ろす。

触れているのは、髪だけだ。束縛されている訳ではないから、少し身を引けば、礼をして立ち去ることができるだろう。だが、これまで一度としてサクラが自らカイの指を離したことはない。いつも、カイが満足するまで、飽きるまで、サクラはカイのするに任せてきた。

この時も、カイの指から髪を逃がすことはできなかった。

だが、どうやらカイはサクラが名を口にするまで離す気はないらしい。

仕方なく、それを口にしかけたその時。

ドンドンと、激しく扉を叩《たた》く音。

サクラは幾分ほっとして口を閉じた。カイは少し面白くなさげに髪を手放した。

「ここで待ってろ」

これを機に部屋に戻る気だったサクラに釘を刺し、カイは自室へと入っていった。

まだ、諦めていないのか。

サクラは頷きながら、一方で名を呼ぶことにこんなに躊躇う自分にも呆れていた。

名を呼べない――――呼びたくない理由は分かっている。でも、その理由も本当は知らない振りをしたかった。

「サクラ」

呼ばれてカイの部屋へと入る。

自室と廊下を結ぶ扉の前にはシキが立っていた。シキの顔つきから、話の内容が楽しいものではないとサクラは察する。シキは「では、後ほど」とカイへ告げ、サクラにも一礼して扉を閉めた。

「しばらくの間、留守にする」

扉が閉まるなり、カイはサクラに言った。

サクラはカイを見上げた。しばらく、という曖昧な表現での外出は、今までなかった。

「サラが仕留められなかった魔獣が見つかったようだ」

白い魔獣の主を返り討ちにした獣か。

サクラはカイから視線を外して俯いた。どんな顔をして送り出せば良いのか分からない。

あの白い魔獣。並外れて美しく、大きな力を感じた魔獣の、その主を死に至らしめた獣。

それを討ちにカイは発《た》つのだ。

「剣が必要になりますか」

尋ねれば、「なるだろう」と短い返事。

剣は、本当に私の中にいるだろうか。ちゃんとカイの求めに応じるだろうか。

「大丈夫だ。何も心配はいらない……剣は俺の元に来る」

サクラの声に出さない不安に答えがくる。使い手の断言に頷いた。

だが、心配なのはそれだけじゃない。

私のように力のない者が、貴方の心配をすることを許してくれますか。

サクラは顔を上げられない。きっと、とても情けない顔をしているから。カイは強いのだろう。誰よりも。だけど、それでも、心配で不安で送り出すことに躊躇わずにはいられない。

「サクラ」

カイの手が伸びる。髪に触れるのかと思ったそれは、さらに伸び、サクラの頭を包む。そして引き寄せられた。目の前にある胸へと導かれて、もう片方の腕が柔らかく背に回されれば、サクラの周りはカイだけになる。

「……お前はここで、剣が俺の元から戻るのを待てばいい」

優しく労《いたわ》るような抱擁だった。背中を何度も撫でられる。カイの香り。先ほどホタルから感じた懐かしさとはまったく違う、もう慣れて久しい今のサクラの日々の香りだった。

サクラの中の不安が、少しずつ引いていく。

大丈夫、カイは必ず帰ってくる。

「殿下」

呼びかけると、咎めるように髪を軽く引っ張られる。サクラは、小さく緊張した。

「剣と……カイ様のお戻りをお待ちしております。お気をつけて行ってらっしゃいませ」

言って離れようとすると、カイの腕がそれを留めた。

「カイ様？」

不安の薄れた心が騒ぎ出す。カイの胸に置いた手を戸惑いがちに動かすと、それを咎めるように、サクラを抱く力が増す。

体が強張《こわば》る。離して、と言葉が口をつきそうになる。

そこに、再びノック。

そして、返事を待たずに開けられる扉。

「……お出掛けのご挨拶はお済みですか」

微妙な間を置いて、シキが声をかけた。

カイの腕の力がいくらか弱まった。それでも、サクラが抜け出せるほどの解放は与えられなかった。

「準備はできたのか？」

まるで、何事もないかのような問いかけ。

サクラは、ただ、小さな体をさらに縮めて抱かれているしかない。

「あとは貴方だけですよ」

「すぐ行く」

扉が閉まるのを待って、サクラの耳元でカイが囁いた。

「行ってくる」

カイが離れて部屋を出て行く。

扉の閉まる音がした途端、スイッチが切れたように、サクラはその場にへたり込んだ。

心臓が、バクバクと音を立てて躍る。顔が、体中が熱くて、どうにかなってしまいそうだった。

カイにとっては、なんということのないことでも、サクラには免疫のなさ過ぎる行為だった。

名前なんて呼びたくない。抱きしめたりしないで。

私は剣の鞘だと、貴方が言ったのだ。ただ、ここに、貴方の傍らにいれば良いと、そう言ったのだ。

だから。だったら。これ以上、私に歩み寄らないで下さい。

それは切実な願いだった。

3

少し強行軍になるだろう道程を思い、カイは用意された翼竜の首を励ますように撫でた。

馬であれば二日はかかる距離を、翼竜ならば半日で到着することができるはずだ。だが、それも無理をさせれば、だ。翼竜を駆り出す時は、常にそれを強いている。優美な翼が疲れて色褪《いろあ》せる姿に、心を痛めながら、それでも、今回も力の限り飛ぶことを彼に望んでいた。

至る国々に放ってある狩人から、魔獣が現れたとの報告が入ったのはつい先ほどのこと。

報告にあった姿や大きさから考えると、サラが仕留め損ねた魔獣である可能性は高い。そうであることを、カイは望んでいた。サラの弔いの意味はもちろんだが、あの優秀な狩人を刻んだ魔獣が、いまだこの世に放たれていること——そして、かの魔獣が追手の存在に気がついていて、どこかで身を潜めているのであろうことが、カイを苛立《いらだ》たせていた。

ただただ、飢えに導かれて彷徨《さまよ》い出てくる獣ならば良いものを。

奴らの保身の本能は、時に理性的だからタチが悪い。

「奥方とはうまくいってるみたいですね」

突如、カイの苛立ちを無視したシキの言葉が耳に届く。

これから狩りに赴こうという気概の一欠けらも感じさせない、のんびりとした口調だ。

昔馴染《むかしなじ》みの側近は、ちょくちょくこうして、カイの思考に水を差す。

それは、わざとだったり、自然体だったりするのだが、いずれにしても、カイはそれにあえて流されることが少なくなかった。

シキの無頓着な会話は、カイの気分転換には大いに役立つ。

「よかったですよ。私だって、しなくていい殺生はしたくないですからね」

この時も、それを遮らないことで会話を受け入れた。

苛立ちが姿を消し、翼竜を撫でる手の平から力が抜ける。

「……今のところは、な」

答えると、シキは「今のところは、なんですか？」と、意外そうだった。

「成り行きで妃《きさき》とした割には、随分と気に入っているようですけど？」

シキの言うとおり、妻にしたのは成り行きだ。剣が選んだから、側に置くのに――場合によっては、一生捉え続けるのに、都合が良い妻という名の檻《おり》を与えたのだ。

皇子の正妃という檻は、贅沢の身についた、そして自己顕示欲の強い貴族の娘にとっては、さぞかし魅力的な檻に違いない。その檻の中で、適度な自由と、溢れんばかりの贅沢と、妃としてかしずかれる日々、そして、たまに夫としての情の一つも見せれば、どんな娘も満足するだろう。従順な剣の鞘として存在することを受け入れるだろう。そう高を括《くく》っていた。

それでも、あまりに目障りなら消してしまえばいいのだ。

そう思えば、どんな娘でも妃として迎えることに迷いはなかった。

気に入らなければ、消してしまえば良い。屋敷内でならば、どのようにもできる

――シキが言ったことは、決して冗談ではなかった。

剣の鞘は、なくてもいいのだ。歴代の使い手には一生鞘を持たない者もいたし、剣を常に自らの元に置くために鞘を葬った者もいる。

だから、使い手の意に背く鞘ならば、消し去れば良い。

そう思っていた。

だが、サクラはあまりに違ったのだ。

カイが与えようとするものを拒否はしなくとも、喜びはしない。自らを妃と示すこともなく、ただ、そこにある。彼女の前では、権力も権威も財力も意味を成さない。カイに夫としての情を求めることもない。

それでは、カイの与えた檻は――贅沢を望まない、顕示欲もない、サクラに与えた檻は、彼女を単純に縛り付けるだけのものだ。

なのに彼女は自らの意思でここに留まった。現実を真正面から受け入れて、そこに自らの存在を見出《みいだ》すことで、ここに留まっているのだ。

それは、時にカイを戸惑わせる。

何一つ望むものを与えられることはないのに、そこにいる娘。

厭わしく思ったことはない。側に置くことは不快ではない。

触れることは、むしろ、カイを穏やかな空間へと導く。サクラは剣だけではなく、カイ自身をも一時安らぎの時へと誘うのだ。

サクラといる時、カイは与える側ではない。常に与えられる側だった。

それが、カイをひどく落ち着かなくさせる。もどかしく感じることもあった。

この上、サクラを抱くことなど考えられない。サクラに、情欲を覚えたことはない。抱こうと思えば抱けるだろうが、そうする気には到底なれない。周りがいくらそれが当然と思っていようと、実際に妻とした以上そうするべきであろうと、少なくとも、これ以上、彼女に求められていないものを、無理に与える気にはなれなかった。

だから、抱かずに、時が経っていく。

「気に入っては、いるんだろうな」

少し長い間の後に答える。

サクラを喜ばせるために、少々の面倒を経て幼馴染の侍女を呼び寄せるほどには。自分らしくないことをしたと、またもどかしさを覚えても、サクラが今までになく嬉しそうな姿を見せたことに、カイは満足していた。

「少なくとも、今のところ、お前に命じることはなさそうだ」

シキは「それは何よりです」と答え、「まあ、見た目はともかく……抱き心地は悪くなさそうな方ですし」と、主の妃に対するものとは到底思えない言葉を発した。

あまり続けたくない方に話が進んでいたが、言葉自体を咎めることはない。何度も危ない橋を渡って、お互いがいなければ既にこの世にいない身だ。今更、取り繕う仲でもない。

「私はもう少し豊満な体の方が好みですけどね」

戦に明け暮れる男達が女性に求めるのは、疲れた体と高揚する心を宥《なだ》めてくれる柔らかで温かい肢体なのだ。カイ自身もそう思っている。

そして、それはサクラに求めるものではない。

「じゃあ、さっさと狩りを済ませて、そんな女を抱きに行け」

カイがサクラを抱いていないと知ったら、この男はどんな顔をするか。

娘に、肉欲ではなく、ただ穏やかさと温もりだけを求めて、抱きしめただけだと知ったら。

だが、それを口にすることはしない。その答えは聞きたくない気がした。

「行くぞ」

この話はここまでだと静かな声で告げ、カイは翼竜に跨《また》がった。

背に負った剣は、破魔ではないが名匠が作り上げた逸品だ。小物ならば、これで十分討てる。

「御意」

シキは短く答えて、翼竜に跨がった。

話の切り上げ時を心得ているのも、カイがシキとの会話を好む理由の一つだろう。

翼竜が空に舞い上がる。カイは、これから、しばしの間サクラを忘れる。

穏やかな時間は一時の中断を迎え、殺伐とした戦いの場に向かうのだ。

4

カイが出立してから、サクラを待っていたのは、想像以上に不安な時間だった。

今、この瞬間にも、カイは魔獣と対峙しているかもしれない。剣はどうなるのだろう。

本当にカイの元に届くのだろうか。カイは剣を手にすることができるのだろうか。

不安、不安、とても心配。

とは言え、無力な自分に何かできるはずはなく、みっともなくうろたえることだけはやめようと、空を見上げることがせいぜいだ。

「まだ、何も起きてません」

背後でホタルが呟いた。

振り返ると、ホタルが目を閉じ、耳を澄ましている。

「本当に？　まだ、殿下には何も起きてない？」

意気込んで聞いてから、サクラは気がついてホタルを止めた。

「ホタル……ごめんね。聞かないでいいわ」

ホタルは遠耳の持ち主だ。

普段は力を抑えているが、それでもこの隣の部屋の会話ぐらいなら、常に聞こえているという。

力を放てば、かなり遠くの、例えばはるかかなたの国の会話を、聞きたいことを探り当てて聞くことができるらしい。

だが、そこまでするには相当な集中力が必要で、過去には卒倒したこともあった。しかも、母親から受け継いだその力を、ホタルはとても嫌っている。

「でも……お知りになりたいのでしょう」

サクラは首を振った。

聞いたところで、何かできる訳ではない。

カイが言ったとおり、サクラはここで待つしかないのだから。

「きっと殿下は、大丈夫だもの」

戦いの状況をホタルに聞かせるのも嫌だった。戦場がどんなものか、サクラは知らない。だが、決して気分の良い場所ではないはずだ。

「ね？」

ホタルは肩の力を抜いて、緊張を解いた。

「分かりました。聞きません」

聞かなくても大丈夫。サクラは自身に言い聞かす。

だって、殿下は……。

「カイ様は大丈夫ですよね。だって、キリングシークの軍神様ですもの」

サクラの思考に重なるように、ホタルが言う。

それに、笑いを零しながらサクラは頷いた。


突然だった。

カイのいない三日目の夜。

サクラは湯浴みを終えて、髪をホタルに拭いてもらっていた。

最初は、フワリと髪が揺らいだだけ。

どこからか隙間風が入っているのかと、サクラもホタルも窓に目を向けた。

次の瞬間。

激しく渦を巻く風が、サクラの周りで起こった。

「サクラ様！」

ホタルが悲鳴のようにサクラを呼ぶが、風に掻き消されてサクラには届かなかった。

風はさらに激しくサクラを巻き込む。

濡《ぬ》れた髪が風に大きく掻き乱され、舞い上がる。

薄い夜着がバタバタとはためく。

だが、それは一瞬。

パタリと風は止み、乱れた髪だけが名残を留める。

サクラは呆然と宙を見つめた。

「サクラ様？」

ドンドンと激しいノックがあり、「失礼します」とマアサとタキが部屋に入ってくる。

「ホタル、貴方の声が聞こえたので。いったい……」

「剣が……殿下に呼ばれました」

タキの問いを遮るように、サクラは呟いた。

「今、剣は殿下のお手元に」

手を胸に当てた。

いつもそこに剣があることを意識している訳ではない。

だが、今、ここに剣がないことは分かった。

剣が呼ばれた。

それは、カイが剣を呼ぶ状況にあるということ。

どうかご無事で。

気がつけば、そう祈っていた。

どうか、ご無事にお戻り下さい、と。

5

小さな物音で、サクラは目を覚ました。

カイがこの屋敷にいる時は使うことのない、自分に与えられた部屋のベッドに横たわったまま、意識を隣の部屋へと向ける。

誰かいるのは確か。カイが戻ってきたのだろうか。

剣が呼ばれたのは、昨日のことになる。ホタルとマアサ、そしてタキが見守る中、ほんの数時間後に再びの突風と共に、剣はサクラの元へと戻ってきた。

カイが無事であるという知らせと共に。

とても不思議なことに、剣が戻ってきたと同時に、サクラはカイが無事であることも知ることができたのだ。

まるで、剣が使い手の無事を囁いたかのように。

はっきりとカイの無事に確信が持てた。

「カイ様がお戻りになるには、まだ二、三日あるかと思います」

そう、サクラに教えてくれたのはタキだ。「ご心配かとは存じますが、いま少しお待ち下さい」とサクラを気遣う言葉に、素直に頷いた。

皆が部屋を退出した後、一足先に戻ってきた剣に労《ねぎら》いの言葉をかけて、サクラはベッドに横たわった。

そして、剣を抱きながら、ほとんど眠ることのできなかった二日間に比べれば、浅いながらも眠りにつくことができたのだった。

今朝になってみれば、カイの帰還に猶予があることはサクラをほっとさせることになった。

もちろん、無事な顔は見たい。剣は、カイの無事を確信させてはくれたけれど、それでもきちんと会って確かめたい。

しかし、無事と知れた途端、サクラには別の思いが湧き上がってきてしまったから。

どんな顔で、カイを迎えれば良いのか分からない。送り出した時以上に。

カイがいない間は、その安否を気遣うことだけで頭がいっぱいだったのに、無事に帰ってくるとなったら思い出してしまった。

カイに抱きしめられたのだ。

分かっている。あれは、サクラの不安を宥めるための抱擁だった。

それ以外は何もない。

だけど、今、思い出しても顔が熱くなる。背中に回されたカイの腕や、顔を埋めた広い胸に、心がざわめいて、大いにサクラを悩ませる。


サクラは、横になったまま扉を見つめた。

隣にいるのはカイなのだろうか。いや、カイに決まっている。カイ以外に、夜中にその部屋を訪れる者がいるはずもない。

顔は見たい。でも。

出迎えるべきか迷い、出迎えない方を選んでまぶたを閉じる。

出迎えても、きっと煩わすだけ。

弱気な本音を、そんな言い訳でごまかした。

だが。

隣へと繋がる扉が静かに開かれれば、出迎えない訳にはいかなかった。

「……お帰りなさいませ」

身を起こして迎える。

薄暗い中に、金の瞳が光っていた。

カイは部屋へと入り、ベッドの傍らに立って、サクラを見下ろした。

ほっとする。本当に、無事に戻ってきたのだ。

湯浴みを終えたらしく、黒髪が濡れている。薄い夜着を羽織り、さっぱりとはしていたが、さすがに疲れているようだった。

そして、何故か少し苛立っているように見えた。

気のせいかもしれない。どうという理由がある訳ではない。今そこに立つ男は、いつものように静かだ。

カイを迎え入れてみれば、思ったより自分が動揺していないことに安心しながら、それでも、つと視線を下げて、どうしてかきつくシーツを握っている自身の拳を見た。

「何故、ここにいる？」

それが自分のベッドにいることを問われているのだと分かり、サクラは答えた。

「今日、お戻りになるとは思いませんでした。お疲れでしょう。どうぞ、あちらでお休み下さいませ」

明らかな疲れを見せる夫と同じベッドに入るのは気が引ける。

カイはとても眠りが浅い。サクラの身じろぎにさえ目を覚ましてしまう夫を、サクラは知っている。

サクラがいなければ、ぐっすり眠れるだろうか。

そして、また、サクラ自身、カイに抱かれて眠れるだろうか。

「疲れていると思うなら、余計な手間をかけさせるな」

言われたその意味を考える間もなく、カイに抱き上げられた。

抱かれたことよりも、触れた体の冷たさに身が竦んだ。

カイの体はすっかりと冷え切っていた。腕も、胸も、サクラを包むのは温もりではなく、冴《さ》え冴《ざ》えと冷たい肌だった。

カイは湯ではなく、水を浴びた？

日中ならば寒さを感じる季節ではないが、夜中に水浴びは尋常ではない。

「殿下？」

囁くように呼びかける。返事はない。

「……カイ様」

もう一度、今度は名前で呼びかけるとカイの足が止まり、サクラを見た。

少し、張り詰めたものが緩んだ気がした。しかし、カイは黙したまま扉をくぐると、大きなベッドにサクラを降ろした。

横になることもできず、サクラは降ろされた体勢のまま俯いていた。

衣擦《きぬず》れの音で、カイが夜着を脱ぐのを知る。揺れでベッドに上がってくるカイを知り、彼が横になるのを見届けてから、少し離れて横たわった。

すぐにカイの腕が抱き寄せるように背に回される。

サクラの意思に反してビクンと揺れた体に、カイの腕が不審げに緩む。

「申し訳ありません。冷たかったので……大丈夫です」

囁くと、再び腕はサクラを抱き寄せた。

そう、冷たかったからだ。他に理由はない。

冷たい体を暖めるように、自らも身を寄せながらサクラは瞳を伏せた。

カイの規則正しい鼓動と、上下する胸が、サクラを落ち着かせていく。

「お帰りなさいませ」

もう一度。

「……ご無事でよかった」

独り言のように。

カイは、何も言わない。

これでいい。

これで、いつもの夜が帰ってくる。

目覚めれば、いつもの朝が来ているだろう。

＊

サクラは程なく眠りについたようだった。

華奢《きゃしゃ》な体が、無防備にカイに寄り添っている。

カイは、起きていた。

疲れていた。

そして、猛っていた。

戦いの後は、その相手が人であっても魔物であってもこうなる。

クタクタで眠りたいのに、高揚した精神がそれを妨げる。

だから、戦いの後は女を抱いた。

物慣れた女を抱いて、熱を吐き出して眠るのだ。

今も、参戦した多くの狩人が、かの国でそうしているだろう。

だが、カイは一人、ここへと戻ってきた。

無理に戻る必要はなかったのだ。国王は、国賓としてカイを受け入れる準備をしていたし、翼竜にも休養を取らせるべきと分かっていた。しかし、魔獣を討ち、剣が手元から消えたと同時に浮かんだのは、出立の時のサクラの不安げな様子だった。

そうなれば、ここに戻ることしか、考えなかった。

夜が明けるのを待ってあちらを出たが、疲労の激しい翼竜はたびたび休憩を要し、予想よりもかなり時間がかかった。それでも、翼竜を励まして。戦いは終わったはずなのに、今度は疲れた己の体と戦いながら。

ここに戻ってきた。

願いは、サクラの眠るベッドに横たわることだけだった気がする。

そこにサクラがいなかった時の、落胆と怒りは自分でも衝撃的だった。

しかし。

今、願いを果たしてみれば、今日はここに戻るべきではなかったと思わざるを得ない。

肘をついて体を起こし、ゆっくりとした呼吸を繰り返す妻を見つめる。

抱き心地は悪くなさそう——シキの言葉が、多少の苦々しさを帯びながら思い出される。

薄く柔らかな生地が描き出す体の線が、どれだけ女性としてのしなやかさを備えているか、カイとて承知している。出立の時に抱きしめた温かさも柔らかさも、生々しく。

男に抱かれるその時を待つかのような、女として出来上がったばかりの肢体を、サクラは持っていた。

カイの指がサクラに伸び、一瞬の——本人さえ気がついていないかもしれない

――逡巡《しゅんじゅん》の後、それは長い髪を掬《すく》う。初めて触れた時から、この感触が気に入っていた。


軽やかで、滑らかかな。

肌もまた、滑らかなのだろうか。

カイは娘を見下ろした。

華奢な体は、簡単に組み敷ける。押さえつけて、貫くことは造作もないことだ。

唇を、サクラの首筋に近づける。

快楽を知って、零れる声は甘いのか。

カイを受け入れるそこは熱いのか。

しかし、カイはサクラに触れず、髪を離し、そっとベッドを降りた。

今日はここに戻るべきではなかった。

今の自分は普通ではない。

サクラに望んでいないはずのことを、強いてしまいそうだ。

カイは部屋を出た。

あれは鞘の娘。いずれ妻として抱くことがあっても、今、こんな欲望に駆られて組み敷くべき者ではない。

抱く女ならば、いくらでもいる。

それをサクラに求める必要はなかった。

第三章

1

「いいお天気」

青く広がる空を眺めて、サクラは呟いた。

季節は、春に終わりを告げ、夏を迎えつつある。

窓から見える庭は色とりどりの花に埋め尽くされていたが、むしろ、周りの木々の緑こそが色濃く鮮やかに映えている。

「散歩日和」

オードルにいた頃、こんな日は必ずアシュを連れて領地内の林を散歩したのを思い出す。今では考えられないほど、身軽な日々。

サクラの願望交じりの呟きに、侍女から返ってきたのはとても冷たい返事だった。

「現実逃避はそれくらいにして、さっさとドレスを着て下さい」

ホタルは、クローゼットに並ぶドレスから一着を取り出した。

「ホタル、冷たーい」

「冷たくて結構です。私は今、ドレスのサイズ直しという使命に燃えてるんです！」

軽く責めると、ホタルはぐっと拳を握り、言い返してくる。届けられはしたものの、放っておいた夏のドレスは、そろそろ出番を迎えつつある。

毎朝、慌ただしくサイズを直すのは避けたい、という思いがホタルを駆り立てたらしい。

サクラは仕方なく、本日何着目かのドレスを身につけた。

ホタルの言うとおり、呟きは現実逃避に違いない。目の前にあるドレスの試着という、他の女性達から見れば垂涎《すいぜん》ものの重責からの。

サクラを鏡の前に立たせて、ホタルが肩や丈を確認していく。

身につけたドレスは、淡いピンク色だった。衿元《えりもと》が大きく開いてサクラの細い首と肩を強調する。ふくよかな胸が絹を押し上げ流麗な頂を描いていた。胸の下で贅沢にギャザーを寄せて、そこから足元に流れるのはきれいなAのライン。フワフワとした柔らかい布地は、サクラが動くたびに軽やかに揺らいだ。

ほとんどサイズの直しが必要なさそうなそれを、ホタルは満足げに眺めた。

「さすが皇家ですよね。どのドレスも素敵で、楽しくなります」

「私は全然楽しくない」

いつか、カイとこんな会話をした気がする。

今日は公務で登城している夫を思い出した。彼はやっぱり今日も少し不機嫌に出掛けていった。

その背中を見送りながら、どんなに不機嫌であっても、戦いの場に送り出すよりよっぽどいいとサクラは思ったのだった。

「よくお似合いですよ。選んだのはマアサさんだと聞いてますけど、どれもサクラ様に似合いそうなものばかりです」

サクラは鏡を眺めた。

見慣れた娘が、美しいドレスを着せられて立っている。

馬子にも衣装とは、よく言ったものだ。それなりの娘に見えた。

しかし。

「これ、胸、開きすぎじゃない？」

いつも身につけるものよりは、数段露出度が高いのが気になる。

ホタルは「これくらい皆さん着ていらっしゃいますよ」と答えるが、サクラは落ち着かなげに衿元を触った。夏に相応しい涼しげなデザインと言えなくもないが、なんとも心もとない。

「いいじゃないですか、きちんと胸があるんですから」

そんなことを言ってくるので

「……確かに、ホタルは寂しいものね」

と答えれば

「あ、ひどい。私だってあるにはありますよ」

ホタルは頬を膨らました。

ひとしきり笑った後で、ホタルは改めてサクラを眺めた。

「でも、確かに、このドレスの時は何か着けられた方がいいかも」

呟きながら、クローゼットから何やら持ってきて、サクラの首に着ける。ネックレスだった。ドレスに合わせて、ピンクの宝石が細かくちりばめられている華奢なものだ。

「せっかくですから、髪も結ってみません？　カイ様は、まだしばらくお帰りにならないでしょう」

そんな提案で、サクラは久しぶりに髪を結ってもらった。

「いい仕事したって感じじゃないですか？」

出来上がりを自賛するホタルに、「ホタル、髪結い上手」と素直に感想を述べる。

いつか、マアサが随分苦労していたのを思い出したのだ。

「サクラ様の髪に鍛えられましたもん。侍女を辞めたら、髪結いになりますよ、私」

サクラの心臓がドクンと響いた。振り向いて、背後のホタルを見つめる。

「ホタル、辞めるの!?」

ホタルは、サクラの驚きにこそ驚いたようだ。

「もちろん、冗談です。サクラ様にずっとお仕えします」

そうだ。冗談に決まってる。

分かっているのに。

自分でも訳の分からない不安で、サクラはホタルに抱きついた。

「ごめんね」

「サクラ様？」

ホタルが背中を抱いてくれる。

サクラは目を伏せた。

ホタルといると、オードルにいた頃に戻れる気がする。あの頃は、なんて毎日が楽だっただろう。心ない噂や中傷に傷つくことはあっても、こんな物思いで不安定になることはなかった。

「ホタル……側にいてね」

呟くと、ホタルは「はい」と答えてくれた。

少しの間そうして、サクラは体を離した。

「では」とホタルが微笑み、「次のドレスにいきましょうか」

まだ、やるのか。

うんざりしたサクラだったが、扉を叩く音がホタルの使命を中断させた。

落胆の表情を見せながら、ホタルが返事をして扉を開ける。

マアサかと思って見やったそこには、カイが立っていた。

「お帰りなさいませ」

サクラは慌てて、カイを迎える。

「お早いのですね」

まだ、陽《ひ》は高い。カイが戻るのは、もっと遅い時刻だと思っていた。

カイは脱いだ上衣をサクラへと渡し、「爺共《じじいども》の言い争いは兄上の領域だ」と答えた。

ホタルはカイに一礼して、部屋を辞してしまう。どうやら、カイがサクラの元に来た時は、一度退室するように言われているらしい。

この後は、サクラが呼ぶまでは戻ってこない。

それを寂しく見送ってから、サクラはカイを見上げた。

随分、ご立腹のようだ。言葉から察するに、宰相や各国王との議事に嫌気がさして、帰ってきたのだろう。

サクラを見下ろすカイの視線が、ふと和む。

「随分と、きれいにしてもらったな」

サクラは自分の格好を思い出した。

着飾った姿が恥ずかしく、俯いて「ホタルに遊ばれました」と言い訳めいたことを口にした。髪が結ってあることを思い出し、解こうとするとカイの手が止める。

「ちょうどいい、出掛けるぞ」

「え？」

カイはサクラが持っていた漆黒の上衣を、無造作にサクラの肩へとかけた。

手首を掴まれ、なかば引きずられるように歩き出す。

廊下でシキに出会った。

「出掛けてくる」

短くカイが告げると、シキが付いてこようとするが、「供はいらない」と追い払う。

「あ、そうですか。行ってらっしゃい」

シキは驚くほどあっさりとサクラ達を送り出す。

サクラが望んだ時は許されない、供なしの外出はあっけなく許された。

連れて行かれたのは、厩舎《きゅうしゃ》。この屋敷内では既に希少となった、今まで足を踏み入れていない場所だ。

何頭もの馬が並ぶ中、カイは一番奥の区切られた空間にサクラを連れて行く。

そこにいたのは馬ではなく、「翼竜？」サクラは呟いた。

空を飛ぶ優美な姿は何度か見たことがあるが、こんなに近くで見るのは初めてだ。

「ロウ」

カイは翼竜の名を呼びながら、厩舎の外に連れ出す。

「執事と同じ名前ですか？」

目の前の美しいドラゴンと、お堅い執事の共通点は見つからない。

「付けたのはシキだ。ロウはシキの天敵だからな」

サクラはよく分からず、カイを見上げた。カイはロウを撫でながら、サクラにその意味を教えてくれる。

「躾ける時に叱咤《しった》するだろう？　ロウの名で」

ああ、そういうこと。笑いが零れた。

見るからに堅物の執事と、砕けた騎士との確執は容易に想像ができる。老練な説教に太刀打ちできないシキが、悔し紛れにその名を付けたというのは、ありうる話だ。

「もっとも、こいつはおとなしくて賢い。あまり叱咤させてくれんがな……触れてみるか？」

聞かれて、頷いた。

「ロウ」

話しかけながら手を伸ばすと、翼竜は自ら触れて欲しいと首を差し出した。

そこを撫でると、気持ち良さそうに目を細める。

うろこに埋め尽くされた肌は冷たく、だが、意外にも柔らかい。ロウが大きな顔を寄せてくるので、サクラはそっと鼻先にキスをした。

「乗ったことは？」

「ないで……」

答え終わらないうちに、カイに抱き上げられ、竜の背中に乗せられる。

後ろにカイが跨がった。

「あの……っ……」

バタバタと激しく羽音を立て、フワリとロウが浮かぶ。

バランスを崩したサクラが後ろに倒れ込むと、カイは易々《やすやす》と受け止めた。

初めて乗る翼竜から見る景色は、いつもの場所が違って見えた。

屋敷の屋根を見下ろし、何の花なのか分からないほど小さく見える庭を飛び越えて、
ロウは悠々と飛んでいく。

恐怖感はさほど感じなかったが、強い風に振り落とされないように、サクラはロウに
しがみついた。

「あの」

どこへ行くのか、尋ねたかった。だが、風の音がすごくて無駄だと悟る。

黙ってカイの胸元に収まっていると、程なく目的の地は知れた。屋敷から少し離れた

林の上空に着くと、ロウはゆっくりと下降して、木々のない場所に静かに降り立った。

そこは湖だった。

カイの手を借りてロウから降り、湖へと近づく。

そっと水に手を入れてみた。ひんやりとした、だが、柔らかな感触に、思わず微笑んだ。

「こちらだ」

カイに連れられて、湖の周りを歩く。

カイがサクラを導いたのは、湖に浮かぶように建てられている東屋《あずまや》。

カイは、その床にサクラを座らせた。

足を下ろせば、ちょうど水に足先が届きそうだ。

「……入らないのか？」

見透かすようにカイが問いかける。

見上げると、カイが面白そうに見下ろしていた。

「いいんですか？」

「俺はマアサではないからな。構わない」

サクラはわくわくしながらサンダルを紐解き、スカートの裾を少し上げて爪先を水に浸《つ》けた。

冷たい。でも、気持ちいい。

こんな風に外に出て、ゆっくりとした時間を過ごすのは久しぶりだった。

ここでは、サクラは無力な護られるべき存在だ。一人で身軽に外出することなど許されない。まして、こんな林の中など来られようはずもない。ひとたび、そんなわがままを口にすれば、数人の使用人の仕事を中断させ、同行してもらうことになってしまうだろう。

だから、どこにも行かず、窓から空を眺めるのだ。

でも、今は違う。

窓枠はない。天井もない。見上げれば、限りなく青い空が広がっている。

湖を覗こうと前屈《まえかが》みになると、カイに後ろから腰を抱かれる。

「落ちるな、水浴びにはまだ早い」

不意に、広い空間からカイの胸元へと閉じ込められて、サクラの鼓動が跳ね上がる。

「気をつけます」

声が震えないように。

祈りながら言うと、カイはすぐに体を離し横に座った。

「殿下、ありがとうございます……連れてきて下さって」

サクラは素直に礼を述べた。

「殿下？」

カイが不満げに咎める。

どうして、そこに拘《こだわ》るのだろう。もっとも、呼べない方にも問題はあろうか。

「……カイ様」

囁くようになんとか言い直す。

カイは納得したように頷いた。


さわさわと風が吹く。

薄手のドレスでは寒かったかもしれない。漆黒の生地に包《くる》まって、サクラはカイの気遣いを噛み締めた。

「先日、狩った魔獣は、サラの件とは別だった」

カイがふと呟いた。

サクラは、カイを見た。

軍神の視線は湖に注がれている。表情はない。

「キリがない……俺は、一生戦い続けるのかもしれんな」

弱音ではないようだった。

一生、戦い続けるという、その意味を考えた。

彼がキリングシークの軍神である以上、それは避けられない現実なのだろう。戦。サクラの知らない場所。それでも……その言葉に漂う荒涼とした空虚感は感じることができる。

カイの居場所は、そんな場所なのか。

一生？

サクラはゾクリと身震いして、上衣を抱き寄せた。

カイの手がサクラに伸びる。

髪を結ったサクラの頰を手の平が包む。

「お前は、そのたびに……不安になるのか」

サクラは手の平の温もりを気にしないよう自分に言い聞かせながら、「分かっているのです。私などが不安を感じる必要がないことは……」

答える。

「それでも……貴方がお戻りになるまで、不安で心配でご無事を祈らずにはいられないのです」

それは、いけないことでしょうか？

鞘である私は、心配や不安さえ感じずに、ここにいることを望まれているのでしょうか。

「それは、俺がどれだけ大丈夫だと言っても？」

サクラの頰を指の背が撫でる。

カイの口調は責めているというよりは、サクラを困らせることを楽しんでいるようだった。

「お許し下さい」

カイはサクラから手を離した。

「……いいだろう」

少しの沈黙の後、そう呟いた。

「許そう。お前の元に戻るまで、俺の身を案じて祈っていろ」

カイの顔に笑みが浮かぶ。

「……カイ様？」

「今まで、心配するなとは何度となく言ってきたが、心配することを許したのは初めてだ」

サクラも微笑む。

心地好い風が、二人の周りを流れていく。

こんな時間が続けば良い。

サクラはそう願っていた。

しばらくは、穏やかな日々が続いていた。

たとえ、それが上辺だけの平穏だったとしても。

ほんの少し、何かが予期せぬ動きをしただけで、あっさりと崩れ落ちるものだったとしても。

いったい、サクラにどうすることができただろうか。

2

＊

苛立っている。それは自分自身でも十二分に理解していた。だが、苛立ちの理由は分かっていなかった。日々は、いつもどおり過ぎていくだけで、何がどうという訳ではない。

ただ、心が常にザワザワと騒いで落ち着かず、それがカイを苛立たせていた。

「結局、件《くだん》の魔獣は完全に見失ったみたいです」

シキの報告は、カイの意味の分からない苛立ちを、瞬時に意味のあるものへと変化させた。

「見失った？」

不機嫌を隠しもせずに問《と》い質《ただ》せば、シキはのんびりと頷いた。

書面に目を通しながら、要点を話していく。

「サラの遺体が見つかったイルドの森から、幾つか村を襲って、コーダの谷まで移動したのは分かったのですが、そこからパッタリ」

シキはお手上げというように報告書を放った。

「相当な大物だと言ってなかったか？」

カイは書類を手に取ることさえしなかった。見つかったという報告以外、カイには必要ない。剣の使い手は魔獣を断つのが役目であり、探索は担っていないのだから。

「そうなんです……そんなのが、どこに隠れているんだか、まったく足取りが摑めません」

カイは舌打ちした。

苛立つ。どうしてか。もちろん魔獣が見つからないことは腹立たしいことに違いない。

だが、何がここまで苛立たせるのか。

「とにかく探せ。見つからなければ、俺は動けん」

ソファに体を投げ出した。

いっそ剣を振るえば、多少なりともこの苛立ちは消えるだろうか。

シキがじっとカイを見つめている。

「なんだ？」

苛々を引きずったまま不機嫌に問えば、「いえ……別に」と空惚《そらとぼ》けた返事。

いつもの軽口もなく、シキは黙って次の書類を手にした。

カイはため息をついた。

分かっている。

皆が、何かおかしいと感じていながら、それに気がつかない振りをしている。

カイの行動を疑問の眼差《まなざ》しで遠巻きに見つめながら、誰もが口を閉ざす。

それがなお、カイを苛立たせるのだ。

扉を叩く音さえ腹立たしく、ノックを無視していると、シキが肩を竦めて扉を開いた。

そちらを見ずとも、気配で訪問者は知れた。

「カイ様、お客様です」

タキの声。

カイは、タキを見やった。

並ぶと、何一つ違いはないのに、まったく似ていない二人がカイを見ている。困った様子を隠さないシキとは相反するように、タキは笑みを浮かべている。

再び、苛立ち。

カイに何か言う者がいるならば、それはこの微笑む男。

「お客様は客間にいらっしゃいます」

だが、タキもまた何も言わず。

カイへと静かに頭を垂れた。


客は、招かれざる女だった。

カイは、適当にあしらって追い返さなかったタキにまたもや苛立ちを募らせ、同時にこれが最近のカイの行動に対する抗議なのだろうと察していた。

美しい女は、それを余すことなく誇るドレスを身につけ、隙なく化粧の施された顔に婉然《えんぜん》と微笑みを乗せている。

カイと向き合うと、優雅に膝を折り、挨拶をしてみせた。

「お久しぶりです。殿下」

カイはそれを黙殺した。

女は、サクラを妻とする以前には、最もその座に近いと言われていた者だった。

＊

「サクラ様？」

はっと気がつくと、ホタルの顔が目の前にあった。

「ご気分がお悪いのですか？」

心配そうに覗き込んでくる幼馴染に微笑みかけて首を振る。

「大丈夫」

言うと、ホタルの眉間に皺が寄った。サクラは、そこに指を伸ばして擦った。

サクラの指先が指示するままに、ホタルは眉を緩めはしたものの、その顔から完全に心配を取り除くことはしなかった。

サクラ自身、今の自分の状態を見て、ホタルがまったく心配しない訳がないと承知している。だから、それ以上は何も言わなかった。

ホタルは何か言いたげな顔をしたものの、黙って次の仕事に取り掛かることにしたらしい。

ホタルのキビキビした動きとは裏腹に、それをボーッと眺めるサクラの方は、体も気分も重かった。

最近、あまり体調が良くない。

食事も喉を通らないことが少なくないし、外に出る気力もなく部屋に籠りがちで、大きな窓の近くにラグを敷き、外を眺めるだけの日々が続いている。

この暑さのせいだ。

サクラは肘掛に体を預けた。

オードル家から馬に乗ってしまえば一日の距離なのに、どうしてここの暑さはこんなにも厳しいのだろう。差し込む日差しは容赦なく、窓から吹く風は生暖かくて、サクラをまったく慰めはしなかった。

「奥方様、大丈夫ですか？」

声に顔を上げると、マアサがいた。

母のような手の平が額に触れる。優しげな顔に、心配の表情が揺れている。

「やはり、一度お医者様に診て頂きましょう。……月のものも、まだでございましょう？」

後半の言葉は、脇に控えるホタルに確認するものだった。

ホタルが戸惑うように頷くと、マアサの視線はサクラへと戻った。

「よろしいですね？」

サクラは、マアサを見つめた。

懐妊はありえない。そう一言言えば良いのだ。

そうすれば、訳知りの侍女は分かってくれるだろう。

ここへ来て数ヶ月が過ぎようという今となっても、サクラがカイとは契っていないということを。

マアサがサクラの側に仕えていた頃から、何も変わっていないということを。

本当に、何も変わっていなければ良いのに。

「今はお客様がいらっしゃるので……お帰りになられましたら、すぐにカイ様にお許しを頂きましょう」

頷いた。

何も言わないのは、ホタルがいたからだ。ホタルは、カイとサクラが形だけの夫婦だとは夢にも思っていないだろう。これ以上、ホタルに心配をかけたくない。

だから、サクラはマアサの申し出を承諾した。

いずれ、医師が診れば懐妊の疑いはあっけなく晴れるのだから。

「何か、飲み物を準備しましょう。ホタル」

マアサがホタルを呼び、部屋を出て行く。

サクラは目を閉じた。

何もかも、暑さのせい。それ以外は何もない。そう思いたい。

「お客様は女性です」

部屋に戻ってきたホタルが、突然そう言った。サクラは振り返った。

ホタルは厳しい顔でサクラを見つめている。

「ホタル？」

「マアサさんが、サクラ様をお部屋から出さないようにと。カイ様のお客様に会わせたくないのでしょう」

サクラはホタルを見つめた。

何が言いたいのか。

ホタルは、サクラの傍らに膝をついた。

遠耳を持つ娘は瞳を閉じ、何かに集中し始める。

「カサールの姫君……アカネ様」

サクラにとっては耳にはすれども縁遠い、だが国にとっては有力な同盟国の名前が、その口から発せられた。

ホタルは聞いているのだ。

客人と――カイの会話を。

サクラは首を振った。目眩《めまい》がするほど。

「会うのは、サクラ様とご結婚されて以来初めてのようです」

止めようとホタルに触れた途端、聞いたことのない女性の声が、サクラの頭に響いた。

『奥方様のお噂は伺っております……会わせては頂けないのでしょうね』

サクラは、小さく息をのんだ。

ホタルは、サクラを自らの領域に引きずり込んだのだ。

小さい頃には、何度かふざけて行ったことのある同調。それは、言ってみればお互いの信頼度を試す遊びだった。お互いの波長を合わせれば、ホタルの聞いているものが聞こえる。波長が合うことをお互いに認めて楽しんでいた、それは他愛のない無邪気な遊び。

でも、これは違う。

これは遊びではない。

「ホタル……やめて」

呟くように懇願しながら、サクラにも分かっていた。

これは同調なのだ。片方が一方的に行うことなどできない。それはつまり、これはサクラが望んだことなのだ。聞きたいとサクラが望んでいるから、差し出してきたホタルにこうも簡単に同調してしまった。

『貴方のお噂も流れてきております。剣の選んだ娘を妻にしたものの……やはり並の娘では軍神は満足なさらないようだ、と』

美しい声だった。

そして、とても理性的で知的な――どこか、姉を思い出させる声。

『お気をつけなさいませ。いくらお相手を選んだつもりでも、不思議とどこからか聞こえてくるものですわ』

頭が痛い。ガンガンと内から殴られているようだ。

何も、ショックを受けるべき内容ではないのに。

何もかも承知のことだ。

女の言う噂が、サクラの耳に入ることはなくても。周りがどれほど、サクラに気を遣ってくれたとしても。

気配でそれと分かることもある。

残念なことに、サクラはそれほど愚鈍でも、純粋でもなかった。

男の中に、女の気配を感じることができてしまうほどには、世の中の理を心得ていた。

だが、何も気がつかないことにしていたのだ。そうすれば、何も変わらないはずだったから。

『私が今日ここに参りましたのは……皇帝陛下がそのように望まれたからです。私に正妃という立場でなくとも、殿下のお側に侍る気はないかと、そうお尋ねになられました。

私は……』

一瞬の間。

『私はそれでも貴方のお側に仕えたいとお答えいたしました』

この方は、美しいのだろう。

見たことのない女性の美しさを、サクラは確信した。美しい者特有の、自信と誇りが言葉の端々に溢れている。それは、姉の持つものであり、妹の持つものであり、そして——サクラには決して持ち得ないもの。

『私をお側に置いては下さいませんか？』

美しく聡い大国の姫君。

その方が、自ら訪れ、カイの側に侍りたいと請う。

それが、いかほど意味のある行動なのか。皇帝の後押しと、その美しさと誇り高さを以《もっ》てしても、彼女がどれだけ覚悟を決めて訪れたのかを思った。

それは、カイの心を動かすのだろうか。

『妻は一人で十分だ』

カイの声が響いた。

サクラが聞いたことのない、冷たく硬い声だった。

『ならば、何故、伽《とぎ》の相手を召されますの？』

問う声には、怯みとそれを奮い立たせるかのように、僅かながらも荒々しさが交じった。

『妻として十分ならば、貴方が他の女人を召される必要などないはず。そして、その女人が私であっても良いはずでは？』

少しの沈黙。声は続けた。

『その娘……貴方の、本当の妻なのですか？　私には、そう思えないのです』

サクラはとっさにホタルを見た。

ホタルは目を閉じたまま、会話に意識を集中させている。

『私の考えが誤っていないならば……貴方はお間違えになった。確かに剣は貴方の半身のようなもの。それをお側に置きたいお気持ちは理解できます。正妃であれば、誰からも護ることもできましょう。ですが……妻として、女性として扱えぬならば、そうすべきではなかった。それでは、あまりにその娘が憐れです』

サクラを憐れむのか。

気高く、聡く――そして、慈悲さえ持ちうる女性。

こういう方こそが、この地位にと望まれていたのだ。

どうして、私はここにいるのだろう。違う。そんなことではない。

ここにいることは、カイが望んだことだ。鞘としてここにあれば良い。それだけで良い。

どうしてと問うべきは、この心。

何故、こんなに苦しいのか。辛いのか。

そんな感傷はいらないのだ。ただ、ここに鞘として存在することを望まれているのだから。

『帰れ』

カイの声は静かだ。

『鞘がそんなに必要でしょうか？　鞘の存在自体、その価値を疑われております！　軍神に鞘は必要かと……貴方とて！』

女の声に、激しさが交じった。

『貴方とて、鞘が不要と思ったことがおありでは⁉』

サクラは身震いした。

考えを打ち砕くような言葉に、目の前が歪《ゆが》む。

鞘はいらない？

軍神に鞘が不要ならば。常に刃を晒し、その存在を誇示することこそを望まれているのならば。

では、私は。

私は何故、ここにいるの?

『喚くな。サクラは俺のものだ。サクラのことは俺が決める』

『申し訳ございません。鞘を亡き者にしようなどとは、キリングシークはもちろん、私共も考えてはおりません。ですが、妻としての価値がない以上、いずれ……』

『アカネ、帰れ』

カイが止めた。

明らかな不興を含んだ声。女は、しばし沈黙を守った。

しかし、『私、貴方のお側に参りたいのです。いろいろ申し上げましたが、望みは……それだけなのです』

縋《すが》るような弱々しさを含んだ懇願が、サクラが聞いた最後だった。

サクラの目の前が真っ暗になる。不意に音が止んだ。

「サクラ様!」

現実の声。

ホタルが、サクラを見ている。ホタルは泣きそうな——否、涙が頬を伝う。

「……ホタル」

「サクラ様……ごめんなさい」

詫びに首を振る。ホタルに手を伸ばそうとするのに、体が強張って動けない。

「いいの。ホタルは悪くない」

悪いのは私だ。

サクラは自分に言い聞かせるように呟いた。

私が情けないから。

弱いから、こんなことをホタルにさせてしまう。

「大丈夫。私は大丈夫だから……ね、ホタル」

ホタルは顔を上げ、サクラを見つめた。

「サクラ様は、泣かないのですか」

次から次へと落ちる涙。

ホタルの涙は、サクラのために流れている。

サクラの涙は。

「泣くことなんて、何もないわ」

サクラは泣かない。

泣く訳にはいかない。

泣くことは、現実を嘆くことになる。

鞘でしかないという現実。

妻にはなりえないという現実。

少なくとも、カイは鞘を不要とは言わなかったではないか。

ならば、何も変わらない。

カイの。使い手の。軍神の。

望むまま、ここにあれば良い。

それは、嘆くべきことではない。受け入れて、納得して、サクラはここにいるのではないか。

「サクラ様はたくさん傷ついているのに？　……だって、サクラ様は」

「ホタル！」

聞きたくなくて、きつく名前を呼んだ。

もう無駄なのかもしれない。

受け入れたはずのこと。納得したはずのこと。全てが崩れ始めて、新しい何かが蠢き始めてしまったのかもしれない。

でも、まだ、それは知りたくない。

ホタルは唇を噛み締めた。

はらはらと流れる涙が、サクラを慰める。

「ホタル、ありがとう」

ホタルは少しサクラを見つめ、やがて「顔、洗ってきます」と、いびつな笑顔で立ち上がった。

誰にも。

誰にも、気づかれたくなかった想い。自分自身、気づきたくなかった想い。

それが確実に形を成していく。

止めることも、壊す術《すべ》もないまま。

サクラは、それから目を逸《そ》らすしかない。

ホタルが戻らない。

随分、時間が経って、自分自身も落ち着いた頃、サクラは気がついて廊下を覗いた。

控えめな声で呼んでみる。がらんとした空間から返事はなく。

「ホタル？」

「ホタルは、しばらく戻らない」

頭に直接響くのではない、現実の声が背後から聞こえる。

予想外の声に必要以上の反応で振り返ると、寝室との入口を塞ぐようにカイが立っていた。

会話を盗み聞きした後ろめたさで、その顔を直視することはできない。

「ホタルはシキに預けてある」

何故、ホタルがシキのところに？

その問いかけをカイが許す気配はなく、サクラもまた、それを声にすることはできない。

カイは寝室の扉を閉めると、サクラへと近づき、サクラが開けた廊下への扉も閉めた。

閉じられた扉とカイの間で、身動きが取れなくなる。

「アカネとの話を聞いていたのか？」

それは確認だった。

何をどれほど知っているのかは分からない。

だが、カイは分かっている。

サクラは、はっとした。

「それで、ホタルはシキ様に叱責されているのですか？　あれはホタルが悪い訳では……」

「俺の質問に答えろ」

サクラの言葉は、カイの静かな命令に遮られた。

「……聞いてました」

正直に答える。

叱責でも、侮蔑でも、甘んじて受ける。何より、自分自身が一番恥じているのだから。

だが、カイはどちらも口にしなかった。
「サクラ」
思いがけず、優しい声で名を呼ばれる。
先ほど、頭に響いた声と同じとは思えないほど、柔らかい声。
逞しい腕が伸びる。
それは、背に回り、サクラを目の前の広い胸に引き寄せた。
「大丈夫だ」
囁くように注ぎ込まれる言葉。
サクラは、それに震えるように反応した体を嫌悪するのに。
カイは、さらに強い力で抱き寄せる。
「何も心配はいらない」
心配？
何を？
私が何を心配するというのか。
我が身？
見せ掛けの地位？
どれも、サクラが心配したところで、どうとなるものではない。

どれも、カイの考え一つでどうとでもなるものではないか。

「誰にも何もさせない」

それは、使い手が鞘に誓ったことだ。

使い手は、剣がそこにある限り鞘を護ると、そう誓った。

剣は、サクラの中にいる。

貴方が不要と思わないならば、私は、まだ、貴方の剣の鞘だ。

「サクラ」

大きな手の平に顔を上げるよう促される。

嫌。

いったい、私は今、どんな顔をしているのか。

「何故、そんな顔をする？」

問い。

知らない。

知りたくない。

何も、もう。

「サクラ」

どうして。

抱きしめるの？

こんな腕はいらないのに。

「大丈夫だ」

優しく囁くように。

額に、頬に触れる唇。

形ばかりの妻に。

鞘であるだけの娘に。

何故？

「サクラ……お前は何も心配せず、俺の傍らにあれば良い」

そうして、貴方の誓いは護られるのだろう。

魔も人も、私を傷つけない。

ただ、貴方が。

軍神が、誓いの束縛を断ち切り、私を傷つける。

いや、違うのだ。

私が勝手に、自らを傷つけるのだ。

自らを省みず、貴方の優しさを誤解し、その腕を間違える。

どんなに私が愚かな者であるかを、まざまざと見せ付けられて、私は勝手に嘆くのだ。

「離して下さい」

サクラは手の平をカイの胸に置いた。

腕を伸ばしながら一歩後ずされば、あっさりとカイから離れた。

「大丈夫です。ちゃんとここにいます」

こんなに簡単なのだ。

この腕から逃げるのは。

今まで、何を戸惑っていたのだろう。

この腕は、逃げれば、追わないのだから。

「何も心配しておりません。私が剣の鞘である以上、ここにいるしかないのですもの
……そして殿下は、鞘である私を護って下さるのでしょう?」

カイが眉を顰める。

俯いたままのサクラはそれに気がつくことなく、言葉を続けた。

「大丈夫です。何も気にしません。不安もありません。ですから」

息を吸う。

そして、言葉を吐く。

「私自身のことなど、お捨て置き下さい」

それは、初めて口にする拒否。カイを拒む言葉。

「妻という立場は、鞘ゆえと重々承知しています。さして役に立たぬ身にも関わらず、十分すぎるほど、殿下にはお気遣いを頂いております。これ以上、何も望むものはありません……どうか」

もう。

これ以上、いらない。

慰めの抱擁も、憐れみのキスも。

鞘である私が必要ならば。

そうであれと望むならば。

「分かった」

一言。

カイは、静かに答えた。

表情はない。

金と黒が、ただサクラを見つめ、やがて背を向けた。

カイが出て行く。

サクラは立ち尽くしていた。

涙はやはり出なかった。

3

それが現れたのは、久しぶりだった。

主を失った白い獣は、時折フラリとカイの前に現れる。カイの血を求める時もあれば、ただ寄っただけだとばかりに、すぐ去っていくこともあった。

ただ、いずれの時もサクラを求めていることは明らかだった。

現れては、見えぬ娘を求める瞳が、どこかで見たそれと酷似している気がしたが、深く考えるのは止めた。

いつものように、カイの寝室のバルコニーに降り立ったタオは、すぐさま、その部屋にサクラがいないことに気がついたようだ。

「聡いな」

苦笑いが浮かぶ。

タオの鼻がピクピク動き、耳がそちらを向いた。

タオが見つめる隣のバルコニーは、サクラの部屋に続いている。

サクラは、そこで眠りについているはずだ。

カイを拒否したあの日から、サクラは自室で休んでいる。

カイが命じた訳ではない。

マアサに懇願されてのことだ。

サクラはひどく体調を崩していると聞いている。

暑さのせい、と医師は言う。

それから、慣れない環境と様々な心労を、マアサは多分相当な覚悟を以て口にした。

まずは、ゆっくり養生させよという医師の指示に、マアサが幾度となく、一時オードルに戻すようにと願い出てきていた。

だが、許すことはできようはずもない。

今のサクラの状態でオードルに戻せば、あの姉が易々とカイの元に返さないことは想像に難くない。

どんなに願われても、それがサクラの思いを代弁するものであっても、聞き入れる訳にはいかなかった。

カイが気配に気がついたのと、タオの耳が動いたのは、ほぼ同時だった。

タオの体毛がザワザワと逆立った。

剣の気が近づいたせいか。それとも、焦がれる存在にざわめく心の表れか。

カイはタオを己の側に寄せ、扉の陰に身を隠した。

サクラの部屋のバルコニーの扉が開く。

目に入ったサクラの姿に、タオの体が身じろぐ。今にも走り出しそうな獣をぐっと腕で押さえた。

サクラはバルコニーには出ず扉にもたれて、しゃがみ込んだ。

涼を求めたのだろうか。

だが、今夜は風もない。

立っているだけで、ジットリと汗ばんでくる熱帯夜だ。

サクラは、カイ達には気がつかない。ボーッと虚空を眺めている。

サクラとは拒否されて以来、ほとんど顔を合わせることはない。

合わせずにおくことは、何ら難しいことではなかった。

だが、こうして姿を見てみると、タオではないが、心が騒いだ。


サクラは話に聞いていたより、ずっと衰弱しているように見えた。

食事も取れないことが多く、起きてはいてもまともに動けないという。

元より華奢な娘だ。しかし、薄い衣一枚で膝を抱え座る姿は、カイが知るサクラよりずっと小さく見える。部屋からの薄い明かりに照らされる顔は青白く、何より、明るいはずの緑の瞳は深く沈み込み、僅かな光も感じられない。

カイは無能な医師に毒づき、こんなサクラを見ても、手元から手放す気にならない自身の身勝手さに憤った。

「サクラ様」

部屋の中から声がする。

「……こちらにいらっしゃったのですね」

現れたホタルは、静かにサクラの横に膝をつく。

サクラの侍女が、遠耳という特殊能力を保有する娘であることは知らなかった。

それも、カイとアカネの会話をサクラに聞かせるという異能とも言える力を持つとは。

それほどの能力を持つ娘は、様々なことをその耳で聞きとっていたようだ。

シキからの報告は淡々とそれだけを告げてはいたが、己とそれを取り巻く者達を省みれば、サクラを大事に想う侍女の心痛は計り知れない。

真っ赤に目を腫らして唇を噛み締める姿は、日頃の礼儀正しい侍女とは程遠くとも。

シキが深く頭を垂れて、ホタルへの寛大な処置を望むまでもなく、カイは何も言わずにサクラの元にホタルを戻した。

きっと、この娘ほど、サクラに寄り添える者はいないだろうから。

サクラを気遣わしげに見ていた顔がふと上がり、カイを見つけた。

驚いたように目を見開くホタルに、カイは口元に人差し指を立てた。

ホタルは視線で頷き、次にタオを見、そして顔をサクラに戻す。

「サクラ様」

部屋に戻すのだろうか。

もう少し。

願ったのは、獣のためにだったのだろうか。

「何か飲まれますか？」

サクラが気怠《けだる》げに首を振ると、ホタルはその傍らにペタリと座り込んだ。

遠耳の娘は、心の声も聞くのだろうか。

風のない夜。

空には月。

纏わりつくような空気の中、気がつけばタオは座っていた。カイは、ただサクラを見ていた。

やがて、ホタルが動く。

許しを請う視線に頷けば、ホタルはサクラに手を貸しながら立ち上がらせ、部屋へと戻っていった。

夜にフラリと現れたサクラの無用心さを責める気にはなれなかった。

サクラは、もう十分過ぎるほど、様々なものに縛られている。

縛り付けているのは、他でもないカイ自身。
それでも、手放す気にはなれない。
カイはタオを見た。
タオはカイを見た。
その瞳に望む者を垣間見た喜びはなく、カイを責めるように鋭く射抜く光だけが宿る。
言葉をもたない者が、カイを真正面から非難する。
この獣が言葉を操ったなら、どんな言葉でカイを罵倒しただろうか。
タオは尾でカイをはたいて歩き出した。
「お前は、俺には従わないのだったな」
声をかけると、振り返った。
「それでいい」
タオが闇に消える。
カイは、サクラの消えたバルコニーを見つめ、あらゆる感情を持て余していた。

4

体がドロリとした沼にでも沈んでいるようだ。

なんとか起きようとするのに、闇が重くのしかかり、まったく身動きが取れない。

助けて。

声を出すこともできず、ただ、そこに横たわっているしかない。

そんな日々がどれほど続いているのか。

時間の感覚さえ失ってしまって久しい。

いったい、この体はどうなってしまったのだろう。


つ、と額に何かが触れた。乱れて顔に落ちていた髪を、何者かの指先が払ったらしい。

この髪は邪魔だ。触れる者もいない今となっては、切り落としてしまいたいぐらいなのに、誰もがそれを許してはくれない。

「ホタル?」

常に側にある者の名を呼んでみるが返事はない。

目を開けようと試みたが、まぶたはずっしりと重かった。

闇の中、髪を払って露《あら》わになったであろう額に指先が触れた。こめかみを通り頬を包む手の平は、冷たく硬い。

明らかにホタルとは違う感触。そして、過去に知った感覚のような気がしたが、ありえないと否定する。

もう、あの手が触れることは、二度とない。髪にさえ伸ばされることのない指先が、頬を包むことなどあろうか。それどころか、あの日以来、顔も見ていない。拒んだのは自分。

なのに、思い出すと胸が苦しい。自分を抱きしめるように体を丸めると、髪を撫でられる。

サクラはほっと息をつき、今度はなんとかまぶたを上げた。

大きな影が、サクラの視界を埋め尽くす。

「殿下？」

ありえないと思った人がそこにいた。

色の違う双眸《そうぼう》が、サクラを見下ろしている。

夢かもしれない。夢なら、もうしばらく。

サクラは再びまぶたを下ろした。

「……少しの間、我慢していろ」

耳に届いたのは、変わらない低い声。意味はよく分からない。

フワリと体が浮いた。

重い闇から救い出されたような、そんな気がした。

次に意識が僅かばかり戻った時、サクラはゴウゴウと激しい音の中にいた。周りは漆黒に囲まれ、何も見えなかったが、先ほどのような重い不安はない。

そこが翼竜の背であることが、はっきりとしない頭でも理解できたからだろうか。

それとも、全身に感じる温もりのため？

考えることを放棄し、再び瞳を伏せて意識と無意識を漂っていると、まもなく翼竜は下降し始め、どこかに降り立った。

「本当にいらっしゃったのですね」聞き覚えのある声が布越しに聞こえる。

再び、体が抱き上げられる感覚。

漆黒が外され、サクラの視界が明るくなる。

「いらっしゃいませ、奥方様」

キラキラと眩《まぶ》しいような金髪に目を細めつつも、視界に収めた秀麗な面は、カイの双子の側近としてよく知った顔だ。

怜悧《れいり》な瞳と静かに響く声に、それがタキの方であると気づく。

サクラはカイに抱かれていた。サクラを包んでいた漆黒は、カイの羽織るマントだった。

その中にすっぽりと包まれて、翼竜に運ばれてきたのだ。

だが、理解したのはそこまでだった。闇に沈む感覚は薄らいだものの体の気怠さや頭の重さは変わらず、サクラはぐったりとカイにもたれかかった。

「……大丈夫ですか？」

心配げに覗き込むタキにカイは一瞥《いちべつ》をくれただけで、サクラを抱いたまま、さっさと屋敷へと入っていく。タキはカイの態度を気にするでもなく、その後に続いた。

この屋敷のことをカイはよく知っているようだった。

迷わず、一つの扉の前に立ち、タキに開かせる。

そこは客室と思われた。

入って中央にベッドがあり、その横に書机と椅子、さらにベッドの奥には人が優に横たわれそうな大きなソファがあった。

カイはサクラをベッドに運んだ。

静かに、とても丁寧にベッドに降ろされたのに、目眩がしてサクラはカイに崩れるようにもたれかかった。

「大丈夫か？」

頷く。

だが、声は出ない。体は動かない。指先を持ち上げることさえできない。

「サクラ？」

カイの手が肩に置かれた。

「申し訳ありません」

なんとかそれだけ言う。

「……いや」

カイに支えられながら見上げると、気遣わしげに見下ろす瞳があった。大丈夫と口にしたところで、それが一欠けらの説得力もないことは分かっていたが、何か言わねばと口を何度か開きかける。しかし、結局一言として、声にはならなかった。

「横になるか？」

問われて首を横に振ると、カイは幾つもの枕をベッドのボードに重ね、それにもたれるようにサクラを座らせた。

「……ありがとうございます」

ベッドに腰掛けたカイが探るように見てくる。サクラは気まずさを覚えながらも視線を外せずにカイを見つめていた。

久しぶりに見る夫だった。サクラが拒否を示して以来、カイは一切サクラに近づかなかった。それは、サクラにとって、心が騒ぐことのない静かな日々をもたらすと思われたのに、そうではなかった。

毎日毎日が、痛みに耐えるだけの日々だった。

カイの顔を見ているうちに、不意に泣きたくなる。

「サクラ？」

カイが名を呼ぶ。それも久しぶりだった。

涙が零れそうになって、頷きながら顔を伏せた。

体に力は入らないのに、シーツを握る指先だけが真っ白になるほど力んでいる。

「……サクラ」

迷いを含んだカイの手が、サクラへと伸びかける。

だが、それは扉をノックする音に遮られ、触れることはなかった。

「はい」タキが答えると同時に、勢いよく扉が開け放たれる。

反射的に顔を上げたサクラが見たのは、背の高い華やかな女性だった。

「カイ様！」

呼ばれたカイが立ち上がる。

女性はカイに小走りに近寄り、長身に飛びつくようにして首に腕を回した。

「アイリ！」

珍しくタキが焦ったような声を出す。

サクラは、カイにしがみつく女性とそれを落ち着かすように肩を叩くカイを見て、それから最後にまったくらしくもなく、あたふたしているタキに視線を止めた。タキはサクラの視線に気がつき、己の失態を取り繕うように小さく咳《せき》ばらいして「私の妻のアイリです」と女性を紹介した。

「ここは、私の妻の実家ですよ」

紹介されたアイリは、はっとしたようにカイから離れ、急いでサクラへ歩み寄る。

ベッドの脇に膝をつくと、まだ強くシーツを握っていたサクラの手をキュッと包むように握り締めた。

「騒がしくして、ごめんなさい！」

勢いある詫びに、目が点になる。

カイが苦笑いを零しながら「サクラだ」と、アイリに告げた。

アイリは、これもまた勢いよく、カイを見上げた。

「お名前は知ってます。サクラ様とお呼びしても？」

カイが頷くと、アイリは再びサクラに向き直った。

「初めまして、サクラ様。アイリと申します。ここにサクラ様をお迎えすることができて光栄です」

サクラの体調を慮《おもんぱか》ってか、いくらか声のトーンが下がった。

「体調を崩していらっしゃるとお聞きしました。ここは、とても涼しい土地ですから、きっと良くなられます」

サクラの手をぐっと握る手は女性にしては大きく、だが、柔らかく温かい。

サクラは、その温もりに助けられるように微笑んで「ありがとうございます」と答えることができた。

＊

程なく、アイリの両親がカイに挨拶をしたがっていると、使いの者が現れた。「そんなの後でいいでしょう」と言うアイリだったが、そういう訳にはいかないとタキに諭されると、カイを伴って部屋を出て行った。

主の妻がベッドにいるという状況に、一人残るのはどうかと思ったが、タキはサクラに話しておくべきと思うことがあり、そこに留まっていた。

見やれば、サクラは二人を見送っている。扉が閉まると、その視線がタキに移った。

我が妻と並ぶと、なおさら華奢さが際立つ主君の妃に、タキは心で眉を顰めた。

いつの間に、こんな儚《はかな》げになってしまわれたのか。

タキの知るサクラは、華奢ではあったが、決して弱々しくはなかったのだ。それが、体調を崩しているとは聞いていたが、こんなに消えてしまいそうな姿になられるとは。

いったい、何が、彼女をこうも儚くさせるのか。

そして、カイのあれは何なのだ？

この妃に触れた時の、あの緊張感は？

「奥方様。お気分がすぐれぬところ申し訳ございませんが、少しよろしいでしょうか」

尋ねると、主の妻は「はい」と答えた。

少しの驕《おご》りもない素直な返事は、タキに好感と共に戸惑いを抱かせる。

輿入れした時から何も変わらないサクラの態度。それは、カイに対する打ち解けきらぬ態度であり、タキに対する主君らしからぬ態度であり、そして、いつまでもどこかに幼さを残すサクラの全てにおける態度であったが、これらはタキに一つの疑惑をもたらした。

「一つ、お伝えしておきたいのです。せんのない噂話で奥方様を煩わせたくはございませんので」

心中をおくびにも出さず語るタキの言葉に、サクラは神妙に頷く。

「私の妻は、かつてカイ様の元に輿入れする予定でした。既に私の妻となり二年となりますが、いまだお二人の仲を勘ぐる者もおります。ですが、誓って、カイ様とアイリの間には何もございません」

タキはサクラをじっと見ていた。

サクラはタキの話で表情を変えることはなかった。ただ、正直な瞳が少しの驚きで揺れている。

「ここは、アルクリシュという国です。名はお聞きになったことがおありでしょう？　アイリは、この国の第一王女だったのです。カイ様とは幼馴染であり、お二人のご婚約は幼い頃に二国間で定められたものですが……お二人がご結婚されることは、ごくごく自然のことだったようです」

タキはあえてサクラに話す必要のない事柄を織り交ぜた。

しかし、サクラには、さほど心が乱された様子は見えない。

元婚約者という存在は、しかも、タキは言外にそれを二人が受け入れていたことを仄めかしたのだが、それでも、この妃に動揺を与えるものではないのか。

これが、夫の寵愛《ちょうあい》を受ける妻の余裕ならば良い。

だが、カイが不誠実な夫とは呼べないまでも、決して誠実ではないことをタキは知っている。

サクラがそれにまったく気がついていないとも思えない。

ならば、もう少し動揺があっても良いのではないか。

タキでさえ。

カイとアイリの間に、何ら特別な感情がないと誰よりも分かっているタキでさえ、あの二人の親密さには、時折胸が騒ぐのに。

「ただ、お二人は親しい間柄ですし、アイリは人懐っこい性格ですので、もしや奥方様のお気に障ることもあるやもしれません。そんな時は、ご遠慮なく私にお申しつけ下さい」

妃は頷いた。

そして、何も聞かない。

夫と女性の睦《むつ》まじい様子を目のあたりにしながら。タキから、過去の経緯を聞きながら。

タキとて、今ならばサクラの疑問に答える準備がある。

だが、何も言わない。決して深くを尋ねない。教えられたことを、受け入れてそれまでとする。

何においても、こうなのだ。

常に、一線を引いて踏み込んでこない。それを好ましく思うことも少なくはないが、あまりに夫に対し他人行儀ではなかろうか。

「タキ様、承知いたしました」

サクラに声をかけられて、タキは微笑みを返した。

疑惑は、既に確信へと姿を変えつつあった。

この方は、剣の鞘なのだ。カイは、この方を正妃として迎えられたが、それは立場だけのものなのだ。

この娘は、破魔の剣に選ばれた者。剣に召されて、その身を捧《ささ》げざるを得なかった者。

ならば、それで良い。

そうであるならば、少なくともこの娘は弁えているのだ。

己の境遇を嘆く素振りもなく、カイの不誠実さを責める気配もない。

淡々としてここに存在しようとしている娘は良い。

だが、カイはどうだ。

鞘の娘を手元に置き、庇護し、敬愛を以て接する使い手でありうるのか。

初めの頃は何事もなかった。カイは何も変わらなかった。ただ、常に手元にあった剣が姿を消したというだけの、軍神としての男はそこに威圧感を放ちながらも、泰然と存在していた。

だが、今は違う。

彼は、常に何かに苛立ち、緊張感を漲らせている。周りに、かつてとは意味の違う張り詰めた緊迫感を強いている。

剣の使い手たる軍神は……何に脅かされているのだ？

それは、この妃なのか。

「奥方様」

何ら突出したところのない、この名ばかりの妻である娘に、男は乱されるのか。

「……ごゆっくりお休み下さい」

いろいろと思うところはあった。

だが、それは、むしろカイにこそ言うべきであり、この妃に望むことではない。

「ここは、とても過ごしやすい土地ですから、まずはお体を治しましょう」

「……はい」

諭すように言えば素直に答え、小さな笑みを浮かべた。

この方を嫌いではない。健気《けなげ》で愛らしい存在は、むしろ、好感を持って仕えることをよしとする。

しかしながら、もしも、この方が軍神にとって、負としかなりえぬ存在ならば。

その健気さと、愛らしさが、軍神を迷わせるならば。

この儚さが、軍神を惑わせるならば。

消さねばなるまい。

剣の鞘が、使い手の存在を脅かすことがあってはならないのだ。

もしも、そんなことが起きうるならば。

鞘は葬らねばならない。

だが、今はまだ、その時期ではないはずだ。まだ、静観していて良いはずだ。

「では、失礼いたします」

タキは一礼して、部屋を出ようとした。

部屋を出る寸前にそっと垣間見たサクラは、このまま一人にしておけば消えてなくなりそうだった。

いっそ、消えてしまったら。

タキは自身の残酷な思考を止められなかった。

いっそ、このまま、あの方が消えてしまわれたら……カイは元の軍神に戻れるのだろうか。

5

カイがサクラの療養の地に選んだアルクリシュは、キリングシークの北方に位置する小さな国だ。冬は降り積もる雪に閉ざされ訪れる者もないが、夏ともなれば涼を求めて様々な国の王族や貴族が集い、ちょっとした社交場へと様変わりする。

それは私的な場に留まらず、過去においては、この国で幾つもの平和協定が公に、時に秘密裡《ひみつり》に結ばれてきた。

アルクリシュでは、剣を交えてはならぬ。

そんな不文律に守られ、さしたる産業も資源も持たないながらも各国に一目置かれている国だった。

カイがここを訪れるのは、何年ぶりになろうか。

夜が更けて、ようやく戻ったカイは辟易した様子を隠しもせずに、タキを訪れた。

「お疲れ様です」

苦笑いを零しながらタキが差し出したのは、琥珀色《こはくいろ》を湛えたグラスだ。

「国王夫妻、お喜びでしたでしょう?」

カイは答えず、渡された液体を一気にあおった。歓迎の席で散々飲んだはずの酒は、ようやくカイの喉を潤す。

妻の療養という名目で訪れたカイを気遣って、歓迎の席はごくごく質素に設けられていた。早々に退出することも可能だっただろう。

だが、カイはそれをしなかった。

久しぶりに会った国王夫妻に気を遣ったというよりは、カイ自身がここに戻るのを先延ばしにしたかったというのが本音だったが、もちろんそれは口にはしない。

「アイリは途中で逃げ出したぞ」

いつの間にか消えていた幼馴染の夫には、それだけちらりと零した。

「それは申し訳ありません。ですが、アイリは国王夫妻以上に喜んでおりました。貴方が最後にこちらにいらっしゃったのは、剣を手になさる以前ですから」

それは、もう随分昔のことの気がした。

剣に選ばれる前の自分はどんなだっただろうか。

国は乱れていた。自身も、それを憂いていた。だが、まだ少年で何もできなくて。

それが歯がゆくて、同時に、それは少しばかりの自由の証《あかし》だった。

「この国は、俺を拒む」

カイは呟いた。

この国には、剣の刃を晒し続ける限り、再び訪れることはなかっただろう。

「では、奥方様に感謝すべきですね」

タキの言葉をカイは複雑な思いで受け取った。

また、サクラに与えられるのか。あれに、与えるものは何もないのに。

「お疲れとは思いますが……一つだけよろしいでしょうか」

タキの声が、話題の内容を表すように硬いものに変わる。

「巨大な黒い魔獣が、小さな魔獣を引き連れて村を襲った、と」

カイは空になったグラスをタキに戻した。

「そんな報告が届いております」

タキが新たな液体を注ごうとするのを手で止める。

「徒党を組む魔獣など、聞いたことがない」

カイは飲んだ酒が一向に回らない、嫌なくらい冴え冴えとした頭に描いてみた。

大きな黒い魔獣。それを囲むように蠢く小さな魔。

見たことのない光景が、やけに鮮明に想像できる。

「確かにそうですが……随分と広範囲にわたり目撃されているようです」

本来は、個々でしか生きることを知らぬモノ達だ。

それが、何か大きな力に引き寄せられて集まったとでもいうのか。

本当ならば——嫌な話だ。

「もう少し詳しく調べさせましょう」

それ以上の情報はないのだろう。

カイは頷き、そして、立ち上がった。

いつまでも、ここにいる訳にもいかない。

「お休みなさいませ」

タキに見送られて部屋を出る。

ここへ戻ることを先延ばしにしていたはずなのに、気がつけば、足早に妻が眠る部屋へと向かっていた。部屋の前で、カイはノックするべきか少し迷い、部屋の主が寝ていることを祈りながら静かに扉を開けた。

部屋には、アイリがいた。

ベッドの横に椅子を置き、サクラを見つめている。

カイを見ると、そっと椅子から立ち上がる。

「あまりお加減が良くないようだったので、キリに診察して頂いたの」

カイもよく知るここの主治医の名をアイリは口にした。

「眠れないとおっしゃるので、お薬を飲んで頂いたわ」

小さな報告に、眉を寄せた。

「催眠剤を少し……ご相談した方がよろしかった？」

アイリの不安げな表情から、カイはサクラに目を向けた。

小さな体を、なお小さく丸めてシーツに包まっている。安眠が訪れているようには見えなかったが、それでもまったく眠れないよりはマシか。

「いや、世話をかけた」

アイリは微笑んで、首を振った。

そして「お休みなさいませ」と、カイの頰にキスを落として部屋を出て行く。

それを見送ってから、カイは、そっとベッドに腰掛けた。

長い髪は大方がシーツに潜っていたが、何筋かが零れ出て、川のようにうねり流れている。

サクラが寝ているのを確認して、一房、手に取った。

久しぶりに触れる髪は、変わらずしなやかにカイの指に捕らわれる。

アイリは、カイが当然ここでサクラと共に休むと思っているだろう。

だが、いくら立場が許しても、状況が強いても、サクラの傍らに横たわるのは躊躇われた。

やはり別の部屋を用意させようと立ち上がりかけた時、シーツが揺らいだ。

青白いまぶたが数回ピクピクした後ゆっくり上がり、緑の瞳がカイを捕らえる。

「……殿下？」

そう呼ばれることが、何故こんなに苦々しいのか。

カイは髪を離し、立ち上がろうとした。

だが。

「いや」

細い指がカイの腕を掴んだ。

「サクラ？」

サクラは億劫《おっくう》そうに起き上がり、カイに身を寄せてくる。

「行かないで」

薬だ。薬が言わせている。

カイを見上げる瞳は曇りがちで、それを示している。

分かっていても。

「ここにいて」

縋るように、体がカイの胸元に潜り込む。

初めて、サクラからカイを求めている。

抱きしめずにはいられなかった。抑え切れず、強い力で胸へと抱き込む。

細い体はしなりながらも、嫋やかに、カイへと預けられた。

「サクラ」

名を呼ぶと、サクラの手がカイの背に回される。

カイの体に、覚えのある戦慄が走った。

肩を抱く手が、腰に回した手が、その肌を求めてうごめきそうになる。

落ち着け。

サクラは病人で、しかも今は正気じゃない。

そんな相手に、何を考えている？

カイは息を深々と吐き出した。サクラはカイの思いなど知らず、無防備に体を押し付けてくる。

「殿下……」

呼びかけに、教えるように囁く。

今ならば、拒否なく叶えられるだろうか。

「カイ、だ」

サクラは何の戸惑いもないように、カイに応じた。

「……カイ……」

唇から零れ落ちた名前に、誘われるまま口づけようとして、それはあまりに卑怯《ひきょう》かと押し止める。

騒ぐ体を抑え付け、サクラを抱いたままベッドに横たわった。

胸に縋る体を抱き寄せながら言い聞かせた。

「ここにいる。安心して眠れ」

これは、自分自身への言葉だろうか。


その朝、サクラは実に何日ぶりかの、心地好い目覚めを迎えることができた。

体は重々しい。全身に圧し掛かる怠さは相変わらずで、軽々しく動きたい気分ではない。それでも、ずっと纏わりついていた粘着質な闇からはいくらか解放されていた。

そして、傍らにはカイがいた。これも何日ぶりのことだろうか。

サクラを胸に抱くようにして眠っている――夫。

カイが同じベッドで休んでいることは、もちろんサクラを驚かせたが、今のこの状況に比べれば、それは些細《ささい》なことだった気さえしてくる。

カイが、目覚めることなく眠っている。

過去、一度として、こんなことはなかった。いつだって、サクラが目覚めると、既に起きていたかのようにカイは目覚めていた。

今、サクラが頬を寄せる胸は、穏やかな寝息のリズムで上下している。顔を見ることはできなかったが、きっとあの瞳は、まだ今日の朝の日差しを見てはいないはずだ。

お疲れなのだろう。

忙しい方なのだ。皇子として、軍神として——剣が鞘に納められている時でさえ、その体も心も休まることなどないかのように、常に張り詰めている。

サクラがカイに与えたいものは、安らぎであり穏やかさなのに。

いつも、間違える。

カイに気遣わせ、煩わせることしかできない。

昨夜だってそうだ。

いったい、どうしてあんなことをしてしまったのだろう。

朧《おぼろ》げに記憶にある自分は、立ち去ろうとするカイに縋って、ここに留まらせた。なんて身勝手で恥知らずなのか。

しかも、いまだカイの腕の中に留まりたいと願っているなんて。

どこまで浅ましいのか。どこまで愚かなのか。

本当はこんな想いはいらない。

望まれるままに、無邪気にそこにいるだけの存在でいたい。

でも、もう止めようがない。

カイが好きだ。

これが、どんなに身の程知らずな想いでも、もう手遅れだ。止まらない。壊せない。

そして、気がつかない振りも。目を逸らすこともできない。

サクラは、再びまぶたを閉じた。

知らなかった。

愛《いと》しい人の温もりは、こんな季節にさえ心地好いのだ。


どうやら、うとうとしていたらしい。隣の存在が動いて、サクラは目を開けた。

サクラを見下ろすカイが、一瞬きまり悪げな顔をしたような気がしたが、すぐにいつもの静かな表情に戻る。

「寝ていろ。すぐ出て行く」

素早く起き上がり、ベッドから降りようとする姿に、昨夜の自分はいったいどんな勇気を持って縋ったのだろう。まったく思い出せない。

そんな勇気の欠片《かけら》も持ち合わせない今は、大きな背中を見送るしかない。

サクラはせめてもと身を起こした。

「……申し訳ありませんでした」

気がつけば、ポツリと言葉が零れていた。

カイが振り返る。

「何がだ？」

すぐに返るのは問い。

いろいろと。

お詫びしなければいけないことが、たくさんあり過ぎる。

「勝手なことばかり申し上げて……」

捨て置けと言いながら、一人では何もできない弱さ。

拒んだ腕に縋る身勝手さ。

勝手に想い、勝手に悩む情けなさ。

カイを煩わす全てを詫びたかった。

「勝手なのは俺だろう」

返ってきたのは、自嘲を含んだ言葉だった。

そんなはずはないと首を振った。カイは剣に従っただけだ。剣の選んだ鞘に誠意を表しているだけ。

そのカイの優しさを、サクラが自身の想いに負けて受け止められないのは、サクラのせいだから。

「横になっていろ」

カイは、今度こそベッドから立ち上がった。

「どちらに……」

頼りない言葉が漏れ出たことにはっとする。急いで口を閉じる。

恥じて俯いた。

本当に情けない。

「……タキのところだ」

カイは答えてくれた。

その答えに口を閉じたまま頷く。口を開けば、サクラの意思に反した言葉が、とめどなく溢れそうだ。

もう、これ以上は、カイを煩わすことはしたくない。

カイの手がサクラに伸びた。

指先が髪を掬う。

サクラはぎくりと身を強張らせた自分を戒め。

カイは、サクラの態度に一瞬指を震わせたが、そのまま指先に髪を留めた。

「……お前が、嫌でなければ……ここに戻る」

驚いて顔を上げると、サクラを見下ろして返事を待つカイがいた。

言ってもいいのだろうか。

「……嫌ではありません。殿下がお嫌でなければ……」

声が震えた。

「……ならば、ここに戻る」

確かにそう言ってカイは扉へ向かった。

いつかは見ることのできなかった背中を見ながら、サクラはありったけの勇気をかき集めて「行ってらっしゃいませ」と声をかけた。

立ち止まったカイは振り返らず、「行ってくる」と答えた。

それだけで、十分だった。

サクラは横になり、カイの温もりが残るシーツに包まり、しばらくの微睡《まどろ》みに身を投じた。

6

三日もすると、サクラの体調は随分と落ち着いた。

やはり、あれは暑さのせいだったのだろうか。確かに、ここは皆が口を揃えて言うように、とても過ごしやすい気候の土地だから。

でも、多分、それだけではないのだ。

心がとても弱っていたから。カイへの想いから目を逸らして、感情を抑え込んで。閉じ込められた心が悲鳴を上げて、体がそれに引きずられたのだ。

そう思う。

今は、もう認めてしまったから。閉じ込めても、抑え込んでも、どうにもならないから。

カイが好き。

認めた。報われないのは承知の上。身の程知らずなことも分かっている。

だけど、好き。

カイの側にいたい、という願い。カイに応えたい、という想い。

それを抱いて、その上で、自分のできることをやるのだ。そう決めたから。

少しだけ強くなった心に、体も応えてくれたのだと思う。

「おや……今日は随分顔色がよろしいですな」

アイリに伴われてきた医師が、サクラを見て嬉しそうに笑う。

「はい。今日はとても気分が良いのです」

サクラも笑みを返した。

この家の主治医キリ・ゴードンは、とても大柄な老紳士だった。

背丈はカイと変わらないほどなのだが、さらに横幅がたっぷりとあり、少なくともサクラの三倍は体重がありそうだった。初めて会った時はさすがに驚いて、不躾にも目を見開いて見つめてしまった。だが、真っ白な髪と髭の隙間から覗く優しげな瞳に微笑まれて、すぐに打ち解けた。

「食事はきちんと召し上がりましたかな？」

サクラは頷いて、昨夜ぐらいから食欲が戻り、いくらか食べることができていることを告げた。それから、薬を飲まずに、眠ることもできたとも。

キリは一通り診察を終えて、「明日から、ベッドを出られてもよろしいですよ」とサクラと、側にいたアイリに告げた。

サクラは身を乗り出して、キリに確認する。

「本当に？　そう、殿下にお伝え願えますか？」

それは、とても嬉しいことだ。

体が楽になれば、当然ベッドから出たいもの。だが、その決定権はカイにあるらしく、彼が頷くまで、この家の誰一人としてサクラがベッドから出ることを見逃してくれないのだ。

「もちろん、お伝えしますよ」との言葉に、サクラは満面の笑みで礼を言った。キリは眩しそうに目を細め「そうそう、若い娘様はそのように笑っておられるのが一番よろしい」などと言って、サクラをさらに笑わせた。

「お散歩は、まだ無理かしら？」

アイリが尋ねた。

「そうですな、お庭ぐらいなら良いでしょう。無理をさせてぶり返しては、カイ様に叱られますからな」

キリの言葉に、アイリはため息をつきつつ肩を竦めた。

「カイ様が、こんなに過保護な方だとは思わなかったわ」

サクラの笑顔が少し曇る。

キリがそれに気がつき、少し眉を顰めたのだが、髪と髭に囲まれたそれの僅かな動きは、若い娘達には気づかれなかった。

「タキも随分だと思いますがな」

からかうようなキリの言葉に、アイリは頬を膨らました。

「そうなの……私を十歳かそこらの子供だと思ってるのよ、きっと」

まさか、とキリは笑いながら「どんな方でも、大事な者には過保護になるものですよ」と続けた。

大事な者という、その言葉の意味を、サクラは考えないようにした。

様々な意味の中には、カイが大事にするサクラの存在も含まれるだろうから。

「しかし、カイ様の奥方様に生きているうちにお会いできるとは思っておりませんでした」

キリは、ベッドの中で身を起こし耳を傾けているサクラを見つめた。

こんな時、サクラは胸騒ぎを覚える。それは多分後ろ暗さ。

誰もが、サクラをカイの妻として扱う。事実はさておき、形式上そういう地位にあるのだから、それは仕方がない。

だが、こんな風にカイへの愛情から出てくるその妻への敬愛は、サクラに罪悪感にも似たものを感じさせる。

「姫様がタキに嫁がれた時も感慨深いものがありましたが……あのやんちゃだった方々が、こうして大人におなりだ。わしが歳を取る訳ですな」

キリが深々とため息をつく。

「キリ、年寄り臭いこと言わないで」アイリがキリの背中をぽんぽんと叩いた。

そして、サクラに向かって話を続けた。

「カイ様は、小さい頃からここへは避暑にいらっしゃってて、よくご一緒に遊んだのよ。

タキやシキはその頃から、お供だったの」

アイリの昔話は、サクラの胸騒ぎを取り除き、単純な好奇心を湧かせた。

だが、小さい頃の彼らをまったく想像できなくて、首を傾げる。

「小さい頃の皆様は、どのような方でしたか？」

尋ねると、アイリはやけにきっぱりと答えた。

「暴れん坊」

その言い方が、サクラを笑わせた。

安易にその言葉が連想できるのは、今となってはシキぐらいだろうか。

「よく三人で立たされて、ロウに怒られてたわ」

それに、声を出して笑う。

カイは、翼竜の名を付けたのはシキだと言っていたが、何も、その名での叱咤を楽しんだのは、シキだけではなさそうだ。

「何をおっしゃる。アイリ様も、暴れん坊の一員でしたぞ」

キリの横槍《よこやり》に、アイリはペロリと舌を出した。

「わしも、方々には手を焼きました。何度、怪我の手当をして差し上げても、次から次へとこさえていらっしゃる」

呆れたような口調ながら、その瞳は優しく遠くを懐かしんでいるようだった。

小さなカイと二人の仲間と姫君。まだ主従関係も薄くて、もちろんカイは軍神ではなくて。

それは、とても、穏やかで優しい時間だっただろう。

「ここは……殿下にとって、とても優しい場所なのですね」

サクラは呟いた。

そんな場所に、サクラを連れてきてくれたのか。

「カイ様が剣を手にされてからは、ここへいらっしゃることはなかったの。この国は、剣を晒す者を拒むとおっしゃって……だから、私、サクラ様にはとても感謝しているわ」

アイリはサクラの手を握った。

「サクラ様が剣の鞘であることはタキから聞いています。そのおかげで、カイ様は再びここへいらして下さった……ありがとうございます」

礼を言われたのは初めてだった。

鞘として、そこにあることを望まれて、それさえできないことを嘆いた。

そんな私でも、役に立っているのだ。こうやって、できることをしていけば良い。

とても嬉しくて、胸がいっぱいで、サクラは何も言えず、アイリの手を握り返した。

「おや……噂をすれば」

扉が二回叩かれ、カイが現れる。

キリはベッドから一歩離れて、カイに深々と礼をした。

「カイ様、明日からベッドを出ていいとお許しが出たの。お庭のお散歩にお誘いしても良いでしょう？」

アイリが待ちきれないように、嬉々《きき》として尋ねる。

サクラはカイを見ていたが、アイリのお伺いを確認するように見下ろしてくる夫の視線に耐えられず、シーツを引き寄せながら俯いた。

何故か、カイが怖かった。

「……大丈夫なのか？」

キリに尋ねて、カイはベッドに腰掛けた。

サクラの顎を無造作に摑んで、顔を上げさせる。

びくりと強張る体に気まずげな思いを持つサクラなど意に介した風もなく、まっすぐに彩りの異なる双眸が凝視する。

何？

カイが怖い。

今まで、カイを怖いと感じたことなど一度もないのに。

「大丈夫でございますよ。食欲もおありのようですし、睡眠もきちんと取っておられますしね」

カイはサクラを離して、立ち上がった。

「良いだろう……無理はするな」

カイが離れたことに、視線が自分から離れたことに、ほっと息を吐いて「ありがとうございます」と呟いた。

＊

「カイ様」

部屋を出ると、巨体を揺らしながらキリが声をかけてくる。カイは足を止めて老医師を待った。

「奥方様ですが……伽のお相手はもう少しお待ち下さいませ」

カイは頷いた。

キリには、初診の次の日に顔を合わせた際、固くそれを禁じられた。

前日の晩、サクラに欲望を覚えたのを見透かされたかのような戒めに、カイは奇妙な後ろめたさを感じたものだ。

あれから、結局、新しい部屋を用意させることなく、サクラと共に夜を過ごしている。

さすがに抱き寄せることはできない。なのに、朝、目覚めると腕の中にサクラが眠っている。

そのたびに思い知る。

欲望が消え去った訳ではない。

隣に横たわる存在を貫く幻影に悩まされながら、それでも、深い眠りに誘われる。

なんとも言えない不思議な夜を、幾夜過ごすのだろう。

「俺は……そんなに飢えて見えるか？」

自嘲を込めてキリに尋ねると、「……さて、どうでしょうか」と惚けた返事が返る。

「私は医者として、貴方に申すべきことを申し上げているだけですが」

そして、年寄りだけに許される訳知り顔で続けた。

「ですが……柔らかく芳《かぐわ》しい女性が側にいれば、欲しいと思うのが男の性《さが》でございましょうから」

性――そうだ。

サクラでなくとも、抱けば良いのだ。そうすれば欲望は放たれる。

だが、その解放の虚《むな》しさもまた、既にカイは身を以て知っていた。

「それが愛しい者であればなおさらで」

愛しい――というキリの言葉に奇妙な苛立ちを覚えて、カイは目を逸らした。

愛しい？

サクラを？

剣が選んだだけの凡庸な娘だ。もっと美しい娘は、いくらでもいる。

聡い者も。

だが、サクラは、誰よりも温かく柔らかい。

「いつ頃、許可が出る？」

気がつけば、そう尋ねていた。

尋ねた意味にはっとしたが、キリはごくごく普通のことのように答えた。

「そうですな……あと二、三日かと」

その時間は、この訳の分からない荒れる感情を抑えるのか、煽《あお》るのか。

「分かった」

答えてカイはキリに背を向けた。

第四章

1

「……何してらっしゃるんですか」

朝から、とても気分が良かった。ようやくベッドから出ることを許されたのは、つい二、三日前のこと。体はすっかりと良くなったようにも感じられるのだが、一人で部屋を出ることは、残念ながら許されていない。

なので、何気なくバルコニーに出てみたのだ。

そうしたら、アイリがいた。

「あ、あら」

アイリは焦ったように、引き攣った笑みを浮かべた。

「ちょっと、お花見をしてましして」

ちょっと？

ちょっとの花見で、木に登る貴婦人がいるとは思わなかった。

アイリは、サクラが与えられた部屋の前にそびえ立つ、木の枝の一本に座っているのだ。

ちなみに、その部屋は二階にある。

「サクラ様、高いところからのお願いで申し訳ございませんが、タキには内緒にして下さいな」

アイリが手を合わせて懇願してくる。

周りを見てみれば、確かにその木には小さなオレンジ色の花が咲き誇っている。大きく広げた枝の隅々にまで花は隈《くま》なく付いており、遠目には巨大な一つの花のようにも見えるだろう。

こんなに、きれいな花が咲いていたのだ。

何かに目隠しされていたように、まったく目に入っていなかった。

「そこ、行ってもよろしいですか」

「は？」

アイリの返事を待たずに、サクラは、バルコニーまで伸びる枝の一本に手をかけた。

久しぶりな上に病み上がりだったが、思いのほか体は軽い。サクラは幹まで辿り着き、さらに少し上がって、アイリの横の枝に腰掛けた。

「……驚きました」

アイリが唖然と呟く。サクラは微笑んだ。

むせるような花の香りとオレンジ色の洪水。

「久しぶりです……こういうの」

花の中から見る花の群集は、とても美しかった。

「きれい」

オレンジ色の花が、光を含んできらめく。アイリがタキの目を盗んででも、この光景が見たい気持ちは、よく分かった。

「妃殿下というお立場は、大変なのでしょう？」

尋ねられて、答えに窮した。

実際のところ、サクラはカイの妻としても、皇子の妃としても、何ら役目を果たしていないのだから。本当に、名ばかりの妃で妻。

ただ、唯一、鞘として少しは役に立ったみたい。

そう教えてくれたのはアイリだ。

「私、そこに座る勇気がなかったのです。だけど、それはカイ様が私を愛して下さらなかったからだわ」

そういえば。

この女性が妃候補だったことを思い出した。詳しくは知らないが、タキは二人がある程度それを受け入れていたと話していた。

カイがアイリを愛していなかった。アイリは？

「まあ、私もタキが好きだったから、おあいこだけど」

　アイリを見ると、彼女はサクラを見ている。

　その視線には、ほんの少しだけ羨望が含まれていた。だが、慣れないサクラには、その視線の意味は分からなかった。

「でも、もし、あの時のカイ様が、今のカイ様みたいに……」

「お前達は何をしてるんだ」

　アイリの言葉は、途中で遮られる。見下ろせば、バルコニーにカイが立っている。

　今度はサクラが焦る番だった。

「お花見です。カイ様」

　一方のアイリは、やけにのんびりと答えた。

「タキに見つかる前に降りて来い」

　カイは呆れたように、だが、柔らかい響きと共に手を差し延べる。

　まず、アイリがするりと枝を降り、その手に身を任せる。小さい子供のように、腰を抱かれてバルコニーへと降り立った。

「サクラ」

　呼ばれて、差し出される手を取ると、カイはそれを軽く引いた。

「え？」

　予想外のことに、バランスを崩してグラリと枝から落ちた体は、カイの腕に抱き留められた。

「病み上がりが何をしている？」

叱られる？

謝ろうと口を開いたサクラだが、その言葉をカイは必要としていないようだ。

サクラを見る瞳には、僅かな怒りもなくとても優しい。

「……楽しかったか？」

尋ねる声も、柔らかくて穏やかで、「……はい、とても」と素直に答えれば、微笑んだ。

しかし、それも「カイ様、手遅れでした」と呟くアイリの言葉で消える。

振り返ったカイにつられて視線を動かせば、開け放たれたバルコニーの扉の奥、部屋への入口には呆れた顔をしたタキと、大きな体を揺らして笑いを堪《こら》えるキリがいた。

タキが怒っている。

ここに来てから、サクラはこの側近のいろいろな顔を見ている。

それは十中八九がアイリが起因で微笑ましく、本心の知れない笑顔のタキしか知らなかったサクラにとって新鮮ではあったが、今はそれが嬉しくはない。

「アイリ」

アイリの前に腕を組んで立つタキ。アイリは俯いて「ごめんなさい」と詫びた。

身分の高い婦人の行動ではないことは重々理解している。だから、そのことについてはサクラも詫びねばと思う。

だが、「奥方様まで巻き込んで……」とタキから漏れれば、それは違うのだ。

「あの、タキ様」

声をかける。

「奥方様、お手を」

小さな声を無視して、キリはベッドに座ったサクラの手を取った。

脈を測った後、大きな手の平で顔を包み、優しい目でじっと見つめる。

病み上がりの身だったことを思い出し、また、ベッドに戻れと言われたら嫌だと、神妙にキリの視線を受け止めた。

だが、その間もタキの説教は続いている。

「大丈夫ですな」

言われてほっと息をついた。

「奥方様はようやくお体が良くなってきたところなんですよ。怪我でもなさったらどうするのですか」

再びサクラの名が、タキから出る。

だから、それは違うのだ。

「タキ様！」

今度は大きな声を上げた。

ぎょっとしたようにタキが黙る。サクラはタキを見て、はっきりと話した。

「私の行動は私が勝手に行ったもので、アイリ様のせいではありません。そのことで、アイリ様を責めるのはお止め下さい」

タキは戸惑いながら「ですが」と口を開く。

サクラはそれを遮った。

「私についてのお怒りは、私が承ります」

言ってしまった。

そう思ったが、仕方がない。

タキの怒りは理不尽だ。アイリが、サクラのことで叱られることは、まったくおかしいことなのだ。

気まずい空気が流れる。

「タキ」

側近の名を、低く落ち着いた声が呼ぶ。

それだけで、タキは納得し、諦めたようだ。

「分かりました。お二人共、以後はお慎み下さい」

最後に釘を刺されて、ここは詫びるべきだとベッドから立ち上がり「申し訳ありませんでした」と頭を下げた。

頭を上げると、タキがサクラを見ていた。アイリも同じように見ている。

二人揃ってその瞳が、面白いものを見たと言わんばかりなので、サクラはちょっと身を引いて、カイを見た。

カイも、また、サクラを見ていた。表情はなかったが、咎められた気がして俯いた。

だが、カイはサクラの言動を微塵《みじん》も咎める気などなかった。

思い出していたのだ。

初めてサクラが口を開いた時はあんな感じだった、と。

カイの腕の中で初めて目覚めた時のサクラ。あたふたとして表情をくるくると変える娘。カイの言葉に返ってきたのは、身分を知らぬが故の軽やかな言葉だった。

あのサクラを、厭わしく思った訳ではないのに。

妻はおとなしくて静かなのが良いと言ったのは、他でもないカイ自身だった。

サクラを抑圧するのは、カイの言葉か。カイが無理やり与えた身分と状況か。

いずれにせよ、己がサクラを押さえつけていることに違いはない。

嫌な苦味が胸に広がる。少し収まっていたはずの苛立ちが、再び体に蔓延《まんえん》し始めた。

「おや、到着したようだ」

奇妙な沈黙の空間に、タキの声が響いた。

皆が何かと思う中、扉を叩く音が二回。そして開いた扉から現れた人物に、最初に声を上げたのはアイリだった。

「シキ⁉」

言うなり、走り出す。

その先には、名を呼ばれたシキと、隣にホタルの姿があった。

アイリがシキに向かって走りながら、カイにしたのと同じように手を伸ばして抱きつこうとする。

「うわ、待て、アイリ、抱きつくな！」

シキといえば、カイのようにそれを素直に受け入れず、伸ばされた手を拒んだ。

女性を拒む男の脇をすり抜けて、侍女は優雅にサクラに近寄ってきた。

まず、傍らにいるカイへと膝を折って礼をする。サクラ、タキ、そして大柄な老医師にも礼をしたあと、「お元気そうですね」と微笑んだ。

ホタルを抱きしめたい思いを抑えて、サクラは頷いた。

背後では、まだアイリとシキの攻防が続いている。

「シキがここに来るなんて、何年ぶり？　嬉しいわ！」

「分かったから、離れろ！」

皆がどうなるのかと二人を眺める中、ホタルだけはそれをあっさりと無視し「もう、お加減はよろしいのですか」と、サクラの顔を見て尋ねる。

「ええ。やっぱり、暑いのがダメだったみたい」

サクラの想いを知る侍女は、じっと見つめてくる。

「……もう、大丈夫」

サクラの言葉に、何かを感じてくれたのだろう。ホタルはしっかりと頷いた。

「ホタルがシキを連れてきたのか？」

そのおかしな問いかけに、ホタルは主人を見上げた。

背の高い主は、ホタルをいつもより興味ありげに見下ろしている。

「いえ……私が連れてきて頂いたのですが」と間抜けにも思える答えを返すと、「それはそうだろうが」の返しもおかしい。

サクラとホタルは不思議そうに首を傾げた。

「いや、よく来たたな。サクラが退屈してたところだ」

かけられた声にホタルは恭しく礼をした。

そして、こっそりと「何したんですか、サクラ様」と尋ねる。

「ちょうどいい。お供も参ったことですし、明日あたり少し遠出されますか？」

タキの意外な申し出に、結局シキへの抱擁を諦めたアイリが目を輝かせた。

「いいの⁉」

「ここで木登りしているより、よほど貴婦人らしい遊楽です。シキを連れて行ってらっしゃいませ。よろしいですか？」

タキがカイに尋ねる。

「キリ」

カイは老医師の同意を求めた。

「もちろん結構ですよ。私の診察も今日で終わりです」

キリの言葉は、サクラに満面の笑みをもたらした。

「奥方様にお会いできなくなるのは残念ですな」

サクラはキリに近づいて礼を述べる。そして、手を伸ばして老医師の巨体を抱きしめた。

「……奥方様。あまりお悩みになりませぬよう」

キリは小さな、サクラにしか聞こえないような小さな声で呟いた。

僅かに頷くと、キリはサクラを名残惜しげに離して、部屋を出て行った。

それに合わせて、サクラとホタルを残して、全員が部屋を退出していく。

扉が閉じると共に「……サクラ様、木登りされたんですか？」呆れた低い声。

だが、振り返ったサクラの目には、柔らかく微笑むホタルがいた。

そのホタルを抱きしめて、呟いた。

「……だって、すごく花がきれいだと気づいてしまったんだもの」

2

翌日、サクラは久しぶりに外出用のドレスに着替え、髪をまとめた。

アイリが準備してくれたドレスは、アルクリシュの民族衣装の特徴をふんだんに取り入れてあるものだという。

首と肩を多分に晒し、袖は肘までが細く、その先は大きく広がり指先まで覆う。胸元から足先まで落ちる滑らかな生地は、この国の数少ない産業が生み出す逸品で、独特の流線型を描く。腰を締めることのない独自のゆったりとした着こなしは、この国のおおらかさを表しているようだ。

全体に薄黄色で、一見とても単調なドレスだったが、衿元と袖先、裾には、青や金糸で細かい刺繍《ししゅう》が丹精に施されていた。

「やはり、少し痩せられましたね」

鏡の中のサクラに、ホタルが話しかけた。

しかしながら、それは痛々しいというよりは、艶《あで》やかさこそを際立たせているようで、同性のホタルですら安易に触れるのを躊躇う。

一度は高く結い上げかけた髪を解いて低くまとめ直したのは、あからさまなうなじのなまめかしさが戸惑いを抱かせたからだ。

「ホタル？」

ホタルの視線に気がついたように、サクラの手が浮き立つ鎖骨に触れる。

その些細な仕草さえが、ホタルには落ち着かないさざ波をもたらした。

「何か、羽織るものをお借りしてきましょうか」

隠したいと願うのはホタルの方こそだったが意向を問う。サクラが素直に頷いた。

「アイリ様にお願いしてきます」

ホタルは、夏の日差しを知らない、眩しいほど白い肌から目を逸らして、部屋を出た。

＊

アイリの部屋を訪ねると、彼女もまたサクラと同じような衣装を身につけていた。このドレスを着て育ったであろう彼女に、もちろんそれはとても似合っており、晒した肌は少しもホタルを動揺させなかった。

ホタル自身が求めたという本心を隠しながら欲しいものを口にすれば、「そこが特色なのに隠してしまうの？」尋ねながらも、同系色の紗《しゃ》を貸してくれる。

礼を述べ、早々に退出しようとすると、「あ、ホタル」と呼び止められた。

何かと足を止めて振り返れば、アイリは近くにいた侍女の一人に何やら命じている。

ホタルの脇を通り抜けて部屋を出て行く侍女を見送り、再びアイリに目を向けると、彼女はもう一人の侍女から一着のドレスを受け取ったところだった。

「それはカイ様に持って行って頂きましょ」

アイリは片手にドレスを持ち、もう片方の指でホタルが手にする薄布を指した。

そして、にっこりと微笑むと「で、貴方はこれに着替えて」

今度はドレスをホタルに差し出す。

「は？」

その手にあるのも、また、アイリやサクラが身につけたものと同じようなドレスだった。

言われた意味が分からず、首を傾げて問う。

「せっかくの外出なんだもの。そんなお仕着せの地味な服はやめて、これを着ましょ」

アイリが目配せすると、侍女が二人、ホタルに近づいてきた。

「いえ！　そんな、恐れ多い。私はお供ですから」

ホタルとて普通の年頃の娘だから、きれいなドレスには興味がある。

だが、身分も重々弁えている。

主達と同じような姿で出掛けるなど、そんな身の程知らずなことができる訳がない。

「えー、見たいの！　サクラ様にご用意したのは黄色だったでしょ？　これ、ピンク。並べて着せたいの」

よく分からない欲求を突きつけられて、ホタルは顔を引き攣らせる。

道理も何もないただの願望を、どうやってお断りすべきか思案していると、背後の扉が開き「アイリ、俺を呼びつけると、またタキに叱られるぞ」

カイの声。

呼びつけた？

恐る恐る振り返ると、侍女に伴われたカイが呆れた表情で立っている。

ホタルは、アイリが先ほどの侍女にカイを呼びに行かせたのだと知ってぎょっとした。

このアイリを中心とした暢気な館にいると忘れがちだが、カイは帝国キリングシークの皇子ではなかったか。

その方を呼びつけるとは。

しかも、この後、彼女は「これをサクラ様に届けて下さいますか？」

用まで言いつけた。

「これ？」

ホタルは冷や汗をかきつつ、慌てて一礼し、手元の薄布を広げて見せた。

下げた頭を戻しつつカイを見れば、じっと布地を眺めている。

独特の彩りを放つ瞳は常に静かで、ホタルなどにはその真意の片鱗《へんりん》を窺《うかが》い知《し》ることすらできない。

だから、カイが何を考えているかなど到底分かるはずもない。

遠耳のホタルを一切不問にしてサクラの元に戻した訳も。

サクラを妻としない訳も。

サクラを一時として手放さない訳も。

ホタルには分からない。ホタルが分かるのはせいぜいがサクラのことだけ。

「アルクリシュのドレスは、サクラ様には大胆過ぎるそうです。まあ、それをどうなさるかは、カイ様のご判断にお任せします」

アイリが言う。

ホタルは、背の高い主人の顔を見上げた。

「……で、お前はアイリの遊びに付き合わされるのか。大変だな」

呟きつつ、用事を受け入れたらしいカイが薄布を手にした。

本当なら、ドレスに着替えることなどお断りして、サクラの元に戻るべきだとホタルは思っていた。

だが、深々とカイに礼をして、それを託した。

向こう側が透けて見えるほど薄い紗。

これで、あのサクラを覆い隠すことができるのだろうか。

軍神に焦がれて、艶やかさを身に纏ったホタルの大事な幼馴染を。

「申し訳ございません。お願い申し上げます」

ホタルは知らない。この軍神の心内など。

だが、この軍神は知るべきだ。

貴方への想いに戸惑い、迷い、拒否し——そして、受け入れた方の変化を。

ずっと一緒に歩んできたのに。身分の違いこそあれ、幼い少女から娘への変化は、二人に平等に訪れていたのに、今、あそこにいるサクラは、ホタルを置いて先に行ってしまった。

それを貴方は、知るべきだ。

貴方がサクラ様を変えたのだから。

貴方のために、サクラ様は変わったのだから。

あのサクラ様を、貴方は思い知るべきだ。

＊

露わな首筋と肩。
それを自らの指で辿り、眉を寄せる。
こんなに白かっただろうか。
こんなに細かっただろうか。
サクラは鏡の前から離れた。
考えてみれば、体を壊してから、食事も取れず、ほとんど外に出ていなかったのだ。
だから、細いことも、肌が白いのも当たり前。
何もおかしなことではない。
おかしくはないのに、それはサクラをいたたまれなくさせた。
晒したくない。
何かで覆い隠したい。
誰の目にも触れないうちに。
だが、ノックの後、部屋に入ってきたのはカイだった。一番、見て欲しくない人だ。
カイは何も言わなかった。

ただ、金と黒がサクラを見つめる。

サクラは、その視線から逃げる場もなく、身じろぎすることさえ躊躇われて立ち尽くすしかない。

カイは視線を外すことなく、容易《たやす》く触れることができるまでに近づき、だが、やはり何も言わずに、ただ見下ろしてきた。

耐え切れずにサクラは俯いた。

怖かった。

何故、こんなに怖いのだろう。

いつもと何も変わらないように見える静かな瞳に、どうして、身が震えるほど。

せめて、いつものように髪が解いてあればよかったのに。

まとめた髪は、サクラの何一つを隠してはくれないから。

肌も、表情も、余すところなく、カイへと晒してしまう。

「ホタルは、アイリに遊ばれている」

ようやくカイが言葉をかけた。

それにほっとしたのもつかの間。不意にカイの手が動き、再び体が強張った。

カイは手にしていた薄い紗を、サクラの頭へフワリと載せた。そして、首と肩を覆い隠すように薄布を巻いてくれる。

「サクラ」

頭から被せたのはカイなのに、今度はサクラから紗を落とし、顔を現した。

顔を上げて、カイを見ることができたのは一瞬だけだ。すぐに、瞳の彩りに負けて俯いてしまう。

「無理はするな」

カイの指先が何かに迷うように紗の流線を辿った。そして、その手が背中に回ると、サクラは軽く押されるようにして扉へと導かれた。

サクラは俯いたままカイに従う。何も言えなかった。発すれば声は、きっと震えている。


準備された馬車へと近づくと、既に全員が揃っていた。

その中に、サクラと同じような衣装を身につけたホタルを見つけて、強張っていた顔がようやく綻ぶ。

「ホタル、かわいい！」

ホタルは「……恐れ入ります」と、ちょっと不機嫌に答えた。

それが照れを大いに含んでいることは、その場にいる者には安易に知れる。

サクラは笑みを広げながら、自分とは違って隠していない首元に抱きついた。

その姿を見て、「ほら、サクラ様とご一緒だと可愛《かわい》さ倍増でしょ？」と、アイリはご満悦だ。

「お二人とも小さくて可愛らしいから、ずっとお揃いを着せてみたかったの」

確かに、サクラとホタルは同じような背丈をしている。

並んでいると、顔つきや体つきはもちろん違うが、双子の姉妹にも見えた。

「アイリのわがままに付き合わせてすまないね」

タキの苦笑い交じりの言葉に、ホタルはため息をつきたいのを堪えて礼を言った。

カイを呼びつけて用事を言いつける方に敵《かな》う訳がない。

「さ、行きましょ」

アイリの号令で、皆が馬車へと乗り込む。

「シキ、頼みましたよ」

タキの言葉。

ため息と共にシキはぼやいた。

「本当に、私一人がお供なんですね」

「ぞろぞろ連れて行くなんて嫌だもの」アイリがあっさりと答える。

「それに、いいじゃない。両手に花で」続けられた言葉に、シキは肩を竦めてみせた。

「花を眺めて愛《め》でる趣味はないですよ。しかも人様の花では……」

サクラはなんだか申し訳なくなり、「シキ様」と声をかける。

すると、すぐさまシキから言葉が返ってきた。

「ああ、奥方様、嫌な訳ではありませんよ。ただ重責に恐縮しているだけです」

「少し仕事を片付けたら後を追うつもりだ」タキの言葉に、シキは頷いた。

「是非、そうしてくれ。本気で荷が重いから」

そう言ってカイに礼をする。他の者も馬車から礼をする。

シキは御者台に乗ると、ゆっくりと馬を動かした。

3

屋敷を出た馬車は、のどかな田園を通り抜け、まもなく森の中へ入っていく。

アイリの気遣いなのだろう。

日よけの幌《ほろ》はあるものの、囲うもののない開放的な馬車には、心地好い風が通り抜ける。

道すがら、アイリは今では考えられない幼い頃の悪童ぶりを語り、それにシキは苦笑いを浮かべながら相槌《あいづち》を入れていた。

「サクラ様は、どんなお子様でした？」

ずっと聞き役だったサクラに、アイリが尋ねる。

「どんな……って」

特に何もない。普通だと思う。

貴族の子女としての、ごくごく普通の毎日。

一通りの行儀作法や教養を教師から学び、嫌いで逃げ出したことは何度もあるけど
……いずれは、どこか無難な貴族に嫁ぐのだろうと。

何も疑わずに過ごしていた。

考えてみれば、姉は幼い頃から長子として厳しく躾けられ、妹はいずれは身分の高い方に嫁ぐのだと、こちらもかなり厳しく育てられていた。

サクラの両親はサクラに無関心な訳ではなかったが、他の二人ほど束縛することはなかったから、かなり自由な身だったと思う。

当時は、それが切なかったり悔しかったりもしたが、今思えば恵まれていたのではないか。

姉のように眉間に皺を寄せることもなければ、妹のように微笑み一つに気を配ることもない。よく笑って、泣いて、怒って。そんな普通の子供だった。

「普通でした」そう答えた。

だが、平凡であることに、今は不思議なくらい抵抗がない。

「私もそう思ってました。でもご存知でしたか？　普通の貴族のご令嬢は木に登ったり、使い魔を可愛がったりしないんですよ」

ホタルのボヤキに、アイリが声を上げて笑い、シキも御者台で肩を震わせている。

「ホタルだって、一緒に遊んだでしょう」

その後は、いかに二人が家人の目を盗んでお転婆ぶりを発揮したかの言い合いになってしまった。

「私達に負けてないわ」

アイリが笑い転げながらそう結論を述べた頃、ゆっくりと木陰の中を進んでいた馬車が止まった。

「少し行くと川があります。歩きませんか？」

アイリの嬉しい提案に、サクラは大きく頷いた。

シキが馬の手綱を木に結びつけるのを待って、皆で歩き出す。コロコロと笑いながら歩く三人の娘達に付いていきながら、シキがぼそりと「確かに役得といえば役得か」と零す。

「でしょ？　荒《すさ》んだ生活と離れてみるのも、たまには良いでしょう」

聞き逃さないアイリが振り返って微笑む。

さほどの距離を歩くことなく、目の前に光を弾《はじ》いて流れる水流が現れた。

「ここに来るのは、本当に久しぶりだわ！」

言うなり、アイリの腕がサクラとホタルのそれに絡みつく。

サクラは引っ張られるままに川に近づき、促されるままに足を晒して、水辺で飛沫《ひまつ》を上げた。

「あまり無茶はしないように」

シキの声に、皆で「はーい」と手を振れば、シキが諦めたように笑って手を振り返してくれる。

「小さい子じゃないんだもの、大丈夫なのにねー」

アイリがスカートを持ち上げ、パチャパチャと足先で水を揺らせば、キラキラと眩しい光が反射して揺れた。

同じように足を膝まで晒す、オードルの母が見たら目くじらを立てそうな姿で、水の冷たさを楽しみながら。

「以前、カイ様に湖に連れて行って頂いたことがあるのです。あの時も、こうやって足を水につけることを許して下さって」

あれは、ほんの少し前のこと。あの時、もう既にサクラは小さな子供ではなくて。

それでも、こんな物思いなど知らずに、ただ、カイの身を案じているだけでよかった。

「カイ様に甘やかされている、と？」

くすくすと笑みを零しながら、柔らかな口調の中の、それでも真摯な響き。

「そう、ですね……ですから、望まれたとおりに在りたいのです」

鞘として、そこに在れ、と。

だから、そうするために。

アイリのその向こうで、ホタルがもの言いたげな視線でサクラを見ている。

「ただ、カイ様を煩わせたくないだけなのですが、なかなかうまくいかなくて」

今回のアルクリシュ訪問など、本当に申し訳ないばかりで。

「きっと、カイ様はサクラ様がしたいようになさっても、煩わしいと思われたりしないわ」

それは、どうだろうか。

だって、サクラは鞘であることを望まれているのだから。

「サクラ様！」

アイリの足先がパンと水を蹴り上げる。

「遊びましょう！」

きれいな弧を描いた水の線が、すべて水面に落ちるのを唖然と見送る。

「カイ様が望まれることとなんて考えたって分かりませんわ！　でも、きっと、今日はこうしてサクラ様が楽しまれることを望んでいらっしゃるはずです！」

ビシッと人差し指をきれいに立てて、アイリがそう言う。

それはそうかもしれない。

きっと、それを許してここへ送り出してくれたのだろうから。

「……はい！」

答えてサクラは、自らの足先で大きな水の線を描いた。


ひとしきり水辺で戯れて、シキにそろそろ休憩を、と促されて敷物《しきもの》に座る。

茶器を準備していたホタルが、不意に動きを止めた。

「ホタル？」

気がついたシキが声をかけるが、ホタルは答えずに森の奥を見つめている。その表情は先ほどまでの穏やかなものから一変し、ひどく険しく不安げだ。

やがて、ホタルはシキに告げた。

「シキ様……何か来ます」

「何か？」

シキが問い、傍らでクッキーを口にしかけていたアイリが首を傾げながら「何も聞こえないけど？」と尋ねる。

ホタルは目を閉じ、耳を澄ましているようだ。

「人の足音……ひづめの音……それから……」

ホタルはサクラへと寄り添った。サクラはホタルの顔を見た。

ホタルの端整な顔に浮かぶ不安がさらに深まる。

「獣の足音！」

声が緊張を含む。シキは反射的に腰の剣に手をかけた。

「こんな真昼間にか？」

言いながら、シキは疑ってはいない。

ホタルの遠耳は確かだ。

ホタルがさらに耳を澄ます。

サクラは静かにホタルを見守る。アイリは不思議そうに、だが、黙って状況を見ていた。

「……あちら！」

ホタルが指を差し、その反対の方向へとサクラとアイリを導く。

シキは、三人とホタルが指差した茂みとの間に立ち、剣を抜いた。

ホタルが告げて、ほんの数秒後。シキが慣れたくはない不穏な気配を察知して、刃を構えた一瞬後。

茂みがざわめき、黒い影が飛び出してきた。

「最近の魔獣は節操がないな」

シキが呟いた。


魔獣。

一目見た途端、サクラの肌にざっと鳥肌が立った。

魔獣を目にするのは、もちろん初めてではない。小さな魔獣ならば、気が合えば意思の疎通もできた。

だが、こんなに大きく、邪悪な気を吐く魔獣は知らない。

馬よりも、まだ一回りほど大きいだろうか。

サクラの体ほどもありそうな四肢で、どっかりと大地を踏みしめ、荒い呼吸を繰り返している。その魔獣の周りには、まるで玩具に戯れる子猫のように、小さな獣達が跳びはねていた。

「サクラ様」

ホタルがサクラを庇うように抱きしめる。アイリが身を寄せた。

魔獣の瞳は、ぎらぎらと揺れる琥珀。それが、剣を向けるシキを通り越し、サクラを見つめている。

サクラの背筋に悪寒が走り、目眩を起こすほど血の気が引いていく。

その魔獣に対する恐怖もある。だが、それよりも、瞳に浮かぶ明らかな敵意。それがサクラを怯えさせた。

こんな悪意に満ちた敵意を向けられたことはない。

サクラから破魔の剣の気配を感じ取ったかのように。

己を仕留めることができるのは目の前の剣ではなく、こちらの娘とでも言わんばかりに、あからさまな憎悪に満ちた視線がサクラにのみ注がれる。

巨体を中心に軽やかに跳躍する小さな魔獣達もまた、一見、無邪気に見える動作とは裏腹に、サクラに向かい牙を剝き、耳障りな甲高い鳴き声で威嚇する。

「……人の足音がすると言っていたな？」

シキが問う。

ホタルが「はい。こちらに向かっています」と答えた。

小さな獣が、シキにじゃれ付くように飛び掛かり、それを剣が切り落としていく。

後から、後から。いったい、どれほどいるのか。

大きな魔獣だけが、変わらずサクラをねめつけている。

今にも飛び掛かろうと脚を蹴りながら。大きな口を開いて、威嚇の咆哮を上げながら。

しかし、サクラ達から一定の距離を置いたままでいる。

「……近づいてこないのね……」

アイリが不安げに呟いた。

どうしてか、魔獣は距離を縮められずにいるようだ。

苛立たしげに唸り、何度も飛び掛かるような素振りを見せながらも、その距離は変わらない。

「……手負いだな。こちらに向かってるのは狩人か」

シキが剣を振るい続けながら確認する。

まだ、体液の生々しさを残した傷口が、黒い体毛の間に幾つも見えていた。

「来ます」

ホタルが呟いてまもなく、茂みから数人の男達が現れた。

いずれも、手には剣。姿からして狩人だと知れる。

「シキ？」

男の一人が、シキの名を呼んだ。シキはまた一匹を薙《な》ぎ落としながら、魔獣の背後に現れた男をちらりと見やった。

「イトか……お前が手こずってるんじゃ、俺には荷が重いな」

イトは、驚くほど大きな剣を構えた男だった。額から頬にかけて大きな傷痕があり、それは閉じられたまぶたの上にも線を描いている。

隻眼の男はニヤリと笑った。

「実はもう一頭いたりするんだな。今、別隊が追ってる」

そして、イトはシキの背後にいる女達に視線をやり、「いい身分だな」と呟いた。

黒い魔獣は、男達の会話など耳に入らぬように、爛々《らんらん》とサクラに視線を注ぎ続けている。

小さな魔獣だけが、背後に現れた男達へと飛び掛かり、無残に切り落とされていく。まるで何かに憑かれているかのように、剣に怯える気配もない。

「軍神にはあっちを追ってもらわねえと」

イトは、近づく獣達を実に無造作に左右へと飛ばしながら話し続けた。

「そんなに大物なのか？」

答えるシキも、また、小さな悪童を切り裂く。

サクラは獣の視線に晒されながら、この状況が男達の日常なのだと気がついた。

一定の緊張感を持ちながらも、そこには慣れ切った者の漫然とした姿がある。

これが日常。先ほどまでとは違った震えが体を走る。

カイもまた、そうなのだ。

「でかいでかい。追わせてるが、絶対に手を出すなと言ってある」

「シキ様、馬が来ます！」

ホタルが会話に割り込むように告げた。

「馬？」

反応したのはイトだった。

「……見失ったのか」

しかし。

やがて、ひづめの音が聞こえ、皆が目にしたのは。

「カイ様！」

軍神。

現れたそれだけで、その場に満ちていた緊迫感が色濃くなり、同時にそこには一種の安堵感《あんどかん》が交じる。

「イト！　これは……」

カイの傍らにいたタキは馬に乗ったまま、サクラ達へと近づいてきた。

飛び掛かってくる小さな魔を、文人とは思えない剣の動きで捌《さば》きながら。

「大丈夫のようですね」

寄り添う妻と妃の無事を確認して、ほっとしたような息をついた。

カイは無言で馬から降り、勢いよく近づいてくる小さな獣を、剣を抜きざま払い切る。

手にあるのは破魔の剣ではない。

それでも、鮮やかな剣先は群がる魔を次々に打ち落としていく。
これが、軍神なのだ。
サクラは耐え切れず目を伏せた。
これが、カイの生きてきた場所。これからも生きていく場所なのだ。
なんて殺伐とした、寒い場所なのだろうか。
「……サクラ様」
ホタルの囁きに勇気を持って顔を上げれば。
カイは、サクラを見ていた。そこに安堵の表情を見たのは気のせいだったのか。
不意に、黒い魔獣が咆哮を上げた。
一瞬たりともサクラから離れなかった黒い魔獣の視線が、現れた軍神を捉える。
そして。
まるで、そこにいるのが破魔の剣を持たぬ使い手だと知るかのように。
牙を剝き。
カイへと疾走する。
飛び掛かる獣を真正面から迎え入れ、カイの剣は、確実に獣の額を貫いた。
だが。
獣は苦痛の咆哮を上げながらも、その爪をカイに振り下ろす。

カイの胸から肩へと獣の爪が走り、鮮血が飛び散った。

カイは動じなかった。獣に深々と刺さった剣を抜くと、今度は振り落とす。

肉と骨の断たれる鈍い音が響き、二つとなった巨体がドサリと倒れた。

一瞬の静寂。

そして。

「カイ様！」

狩人達が駆け寄る。

心得のある者が、流れる血を止めようと施す。

「もう一頭は⁉」

シキが叫ぶ。

「まだ、何も！」

誰かが答える。

サクラは呆然とそれを見ていた。

何が起きたのか、まったく分からなかった。

ただ、目の前にカイがいて、その身が紅《あか》く染まっている、という映像だけが頭に流れ込んでくる。

「サクラ」

カイが名を呼ぶ。

サクラは動けなかった。

軍神は、剣を手にしなかったのだ。破魔の剣は、いまだサクラの中で眠り続けている。

「……サクラ様？」

アイリがそっとサクラの背を押す。

「サクラ」

再度、呼ばれて。

不思議なほどの浮遊感の中を歩いて、カイへと近づいた。

そっと、恐々と。

手が傷を覆う布に触れる。

「大丈夫だ」

カイはそう言った。

サクラの瞳からハタハタと涙が零れ落ちた。

「サクラ」

カイは気がついた。

初めてだ。

サクラが泣いたのは、少なくともカイに涙を見せたのは、これが初めてではないだろうか。

「ごめんなさい」

詫び？

何を？

「……剣……」

呟きに詫びの意味を知る。だが、違うのだ。

剣は、カイが呼ばなかったのだ。

サクラの元に留まるよう、カイがそう望んだ。

サクラの中に剣があれば、魔物はサクラに近づかないと、そう知っていたから。

「ごめんなさい」

再び謝られて、なんとも言えない苦々しい思いで、カイはサクラの頭を引き寄せた。

「俺が剣を呼ばなかった。お前は何も悪くない」

サクラが首を横に振る。

蒼白《そうはく》の顔。嚙み締めた唇。零れる涙。

初めて見る表情に、カイの息が詰まる。

「俺がそう望んだ」

囁くのに、また首を振るう。

だが、カイの言葉に反応している。

抱き寄せた体が温かい。胸にかかる呼吸は、サクラが生きている証だ。

「……お前が無事でよかった」

零れ落ちた本音は、カイをも驚かせた。

サクラには届いたのだろうか。

娘は、ただ静かに涙を落とし続けていた。

4

呼び出されたキリが、応急処置として巻かれている布地を慎重に剝がす。既に出血は収まってはいるものの、肩から胸にかけて真新しい三本の傷が、鮮明に描かれている。

タキは明らかに動揺している自分を分かりながら、抑えることができず声を荒らげた。

「何を考えていらっしゃるのですか!?」

これは、負わなくてもよかった傷だ。

破魔の剣を抜けば、一振りで断つことのできた魔獣に、この軍神は自らを差し出した。

あの娘を、護るために。

「鞘から剣を抜かぬ使い手など、聞いたことがありません！」

タキは自問する。

見誤ったのか？

時は既に来ていたと。静観すべき時間は過ぎ去っていたのだろうか。

鞘の娘は……葬っておくべきだったのか。

軍神を惑わす、あの存在。

「分かっている」

カイは静かに答えた。

タキの言うことは分かっている。

己の成すべきことも。己の存在の意味も。

十分すぎるほど承知している。

だが、サクラが獣と対峙する場に着いた時の緊張感。

剣が、サクラを護っていると気がついた時の安堵感。

それだけが、あの時のカイを支配した。

「俺や連中では、信用できませんか？　一応、あの場にいたんですがね」

シキが髪をかきながら尋ねる。いつにも増して、ぞんざいな言葉になるのは、シキもまた動揺しているからに他ならない。

「違う」

違うのだ。シキが言うようなことではない。

何も考えられなかったのだ。

カイ自身が、一番動揺しているのかもしれない。

あの時、あの場での、自分の行動に。

ここにいる男達の中で、老医師だけがいささかの困惑もないように、黙々と自分の仕事をこなしている。

「貴方にとって、あの方は妃なのですか？　それとも鞘なのですか？」

タキは尋ねた。

何度となく思い浮かべた疑問だ。

軍神にとって、あれは鞘なのか。それとも違うのか。違うというならば、それは何なのか。

「鞘ならば、鞘としてお扱い下さい。つまらぬ責任感や義務感で命を落とされるようなことがあってはならないのです。世界が必要としているのは、剣を振るう貴方であって、鞘ではないのですから」

タキはカイを見据えた。

「私は場合によっては、奥方様を……いえ、サクラ様を亡き者に致す覚悟です」

キリが、ちらりとタキを見た。

シキは、ため息のような息をつく。

カイは、一分の乱れもないように見えた。

だが、自らを奮い立たせ、僅かにも視線を逸らさなかったタキは見つけた。

カイの微《かす》かな感情の乱れ。

迷い、苛立ち、そして一瞬の怒りさえ。

「カイ様、私は貴方が感傷で見誤る方ではないと信じております。ですが、自らを省みて、抑え切れない感情があることも存じております」

だから、タキに必要なのは、カイの一言だけなのだ。

「貴方は何を迷っているのですか」

カイがサクラが大事だと、失いたくないというならば。

鞘ではなく、あの娘を傍らにと望むなら。

我々に迷いはないのに。

何故、軍神は、あの娘を前に迷うのか。

「いったい何が、貴方を留まらせているのですか」

カイは小さく笑いを零した。

留まっている？

迷っているのか？

違う。

知らなかった。

まさか、剣を抜かせぬほど、惹《ひ》かれているとは。

気がつかなかった。

欲望より先に、そこに切実な想いがあるとは。

だから、留まらざるを得なかったのだ。

鞘として扱いたかった訳ではない。あまりにサクラが、そうあろうと健気だったから。

ただ上辺を取り繕うため。

欲望を満たすため。

それだけのために、サクラを捕らえることが、できなかった。

「カイ様」

キリは手当を終えて立ち上がった。白い髪と髭の間からカイを見る瞳が、少し呆れているようだ。子供の悪戯を窘《たしな》めるようなそれが、昔を思い出させた。

「貴方も奥方様も、お互いに言うべき言葉を、たくさんお持ちのようだ」

カイは頷いた。

「そのようだ」

カイが告げることでサクラに与えるのは、新たな重荷ばかりだ。

だが、それでも。

欲しい。

手放すことは、考えられない。

ならば。

「我々にもですよ」

黙っていたシキが口を挟んだ。

「カイ様。一言お命じ下されば良いのです。それだけで……」

タキを遮る。

「タキ、今後もサクラへの手出しは一切無用だ」

カイは、そう口にした。

いつもの圧倒的な威圧感を含む声で。

「あれは何にも代え難い……俺の命と思え」

タキは微笑み、シキは肩を竦め。

二人はカイの前に跪くと、深々と頭を垂れた。

「しかし」

キリがボソッと呟いた。

「痛い思いをしなければ学べないとは……軍神殿もまだまだ、ですな」

5

軍神負傷の知らせを受けて駆け付けたキリは、呆れたように「久しぶりに顔を見せて下されたと思えばこれですか」と零しながら部屋へと入っていった。

処置を施す間、サクラ達に別室で待つようにと指示したタキと、シキがそれに続いた。

それはどれほど前のことだったのだろう。

アイリとホタルに付き添われ、不安な時間を過ごしているところへ、キリはひょっこりと顔を出し「奥方様、こちらへ」とサクラを手招きした。

部屋に入ると、入れ替わりでタキとシキが、サクラに一礼して出て行った。

カイはソファにかけていた。手当は終わっているようで、真新しい包帯が体に巻かれている。

キリは、サクラをカイの近くに連れて行くと、徐《おもむろ》にカイの背中を指差した。

「これは五つの時、木から落ちた傷です。まあ、殿下はやんちゃでいらしたから」

サクラが返事に困っていると、今度はサクラの手を引き、カイの前に連れて行く。

「これとこれは、剣の練習中に付いたものです。今でこそ軍神と崇《あが》められておりますが……小さな頃は、このようなお怪我は日常でしたな」と、今度はカイの肩と胸を指差した。

それから、とキリは幾つかの傷を、カイがいかに腕白だったかを語りながら説明してくれた。

カイは憮然《ぶぜん》としながらも、老医師が語るのを止めなかった。

普段ならば、そんな話は楽しいかもしれない。でも、今のサクラには、そんな余裕はない。

「大丈夫ですよ、奥方様」

キリはサクラに微笑みかけた。「こちらの傷も、いずれ他の傷と同じように治って小さくなります」

確かに、どの傷もうっすらと肌に痕があるだけで、痛々しささえない。

キリが、サクラに気を遣って話してくれていたことに気がつき、小さな声で礼を述べる。

「今回の傷は、さほど深くはございません」

断末魔の報復は思ったほど、カイに痛手を与えなかったのだ。サクラはほっとする。

「ただ、魔獣による傷は、毒気が強く治りが遅い。生憎《あいにく》、私はそちらの方は専門ではありませんが……ただ、聞けば、破魔の剣は奥方様の内にあるとか。ならば、なるべくカイ様のお側においで下さい。破魔の気が魔をはらいましょう」

サクラは頷いた。

そんなことならば、いくらでも。

「他には何か気をつけることはございますか？」

尋ねると、キリは「そうですな」と少し考え、「安静にして頂くのはもちろんですが」と言いながら、思いついたと手を叩いた。

「奥方様のお体がせっかく良くおなりだが、今しばらくはお控えなさるべきでしょうな」

その言葉はほとんどカイに向けられているようだった。

サクラは、何のことか分からず首を傾げて、キリを見つめる。

「こちらの御方は痛みを感じられないせいか、無茶をされがちですので」

痛みを感じない？

よく分からないことばかり続けるキリに、その意味を問うこともできず頷いていいのか迷っていると、カイが「分かった」と答えた。

「本当に分かっておいでで？」

キリが、疑いの眼差しでカイを見た。

「……分かったと言っている」

カイはため息交じりで答えた。

「ならば、結構。私は失礼しましょう。あ、奥方様、お見送りは不要でございます。殿下のお側に」

やけに慌ただしく、キリが出て行く。

結局、何を控えたら良いのか分からないまま、サクラはカイへと視線を向けた。

カイはサクラを眺めている。

「殿下、控えるとは」

カイは「気にするな」と短い言葉で、それ以上問うことを許さなかった。

サクラは腑《ふ》に落ちないものを抱えながらも、「痛くはないのですか？」と尋ねた。

キリがそう言っていた。

痛みを感じないなどということがあるのだろうか。

「痛みの感覚は、もう随分前からないな……どんなものだったかも覚えていない」

軍神だから？

痛みは、戦いに無用だから？

それは、とても恐ろしい。そして哀《かな》しい。

「サクラ？」

呼ばれ、カイを見る。

真っ白な包帯は、漆黒の軍神にとっては、まるでシミのようだ。

それが自分のせいかと思うと、体がまた震え出す。

晒されたままのそれに耐え切れず、サクラはソファにかけられていたカイの上衣へと手を伸ばした。

カイがその手を掴む。

それが、僅かな抗《あらが》いも許さない力で引っ張られたと思うと、サクラはカイの胸に捕らわれた。

ソファに座るカイの脚の上に座らされ、真正面から見据えてくる瞳に射抜かれる。

「……っや」

逃げようとカイの胸に手を付き、指先に触れた布に硬直する。

動きの止まったサクラを、容赦のない腕がさらに引き寄せた。

「また、拒むか？」

静かな、だが、どこか熱を含む囁き。

そして、力ずくの抱擁。

「あの時のように、離す気はない」

カイの言葉のとおり、サクラを抱く腕は力強く、少し身を引いたくらいでは離れることはできない。

サクラの瞳から、再び涙が溢れる。

一度流れ出たそれは、今まで堪えた分を補うように際限がない。

「泣くな」

涙を辿るように、指先が頬を滑る。首を振ってそれを嫌がってはみたが、密着した体では些細な反応に過ぎない。

「いや……離して……」

綴った言葉は、カイを動かさない。

カイは迷いの欠片さえ見せずに、サクラの腰を引き寄せ、己を跨ぐように座らせた。

「私は鞘なのでしょう？」

息が交わるほど近くにある双眸に問いかける。

カイはいつも気遣ってくれていた。とても優しかった。

けれど、それはサクラに対するものではなかった。あれは、全て剣の鞘へのものだった。

そうなのでしょう？

「だから、私はそうであろうとするのに」

気遣いを、優しさを、勘違いしないように。

貴方が他の女性を求めることさえ嘆くまいと。

己の身を弁え、ただ、そこにあろう。

貴方を決して好きにならないように。

そして、想いを認めてからも。

貴方の望む鞘でありたいと。

なのに。

「どうして、抱きしめるの？」

初めてその疑問を口にする。

何度となく、心で問うたそれ。

「俺がそうしたいからだ」

カイの不遜な返事に首を振る。

「……いや……」

一度は逃がしてくれたではないか。

どうして、今は、こんなに力強いのか。

「俺の身勝手さは……今更だろう」

頬を伝う指が顳を捕らえ、カイが顔を寄せてくる。

何をされるのかも分からないまま首を振るうと、力でそれを止められた。

「……っ……」

初めての口づけは、触れただけで離れていく。

「……どうして、こんなことするの？」

さらに問いを重ねた唇は、答えを貰《もら》えない。再び塞ごうと近づいてくるそれから逃げて逸らせば、真っ白な包帯がサクラを責めた。

「私など、放っておいて欲しいのに……どうして」

再び溢れる涙を止められない。

「どうして、こんな怪我までするの？」

カイはサクラの顔を上げさせた。

「サクラ」

剣が選んだ娘。

成り行き上、妻とした娘だ。

だが、それだけではない。

もう、迷いはないから。

「お前は……ただの鞘じゃない」

カイが、まっすぐにサクラを見つめる。

「俺はお前が愛しい」

サクラの一切の動きが止まる。涙も、呼吸さえ止まったかのように、身動き一つできない。

心の中には疑問が一つ。

今、この人は何と言ったの？

「お前が大事だ」

再び、求められる口づけは、拒む理由を見つけることができなかった。

「サクラ」

カイの手がサクラのまとめられている髪を解いた。背中に流れるそれごと、強く抱き寄せ、その胸元に顔を埋めた。

「お前を失いたくない」

聞こえている言葉は……本物だろうか。

「サクラ」

名を呼ぶ声に、これが現実であることを切に祈りながら、サクラは初めてカイへと自らの腕を絡めた。

*

この国のドレスの頼りなさを、カイは知っている。

背中に回した指先に当たるボタンを外せば、呆気なく生地は肩を滑り落ち、白い膨らみが僅かに零れる。

「……サクラ……」

初めて首へと回された腕はつかの間で、カイの指先が肌を辿り始めた途端、怯えたように縮こまる。

本人にどれほど意思があるのか。

カイから僅かでも遠ざかろうとする体を、強い力で取り戻す。

「逃げるな」

命じる。

むしろ、それは願いなのに。

ただ、声は、従わせる強さを持ちながらも甘い。

「おとなしくしていろ」

サクラの首筋から胸元に、唇を触れる。

今朝、まばゆいばかりの肌に、どれだけの忍耐を課して触れずにおいたか。

無自覚な誘惑を紗で覆い隠しながら、湧き上がる欲望と独占欲とに身を委ねてしまえと囁く声を必死で抑え込んだのだ。

「……あ……」

晒された肌と、次々に触れる指先と唇に、サクラが戸惑いの声を上げる。

カイの聞いたことのない、サクラの声。

「……っ殿下……やめ……」

なのに、気にいらない呼び名が耳に入るから。

わざと、乱暴に手の平を這《は》わせた。

「カイ、だ」

咎める。

「呼んでみろ」

また。

甘い命令を下せば。

「カイ様……あ……！」

カイの指が与える知らない感覚に、また、知らない声が一つ上がる。

「様はいらない」

サクラが、カイを見る。

迷うように揺れる瞳に、促すキスを降らす。

サクラの声が、ようやくそれを呼んだ。

「……カイ……っ……」

震える体が、カイの腕に落ちてくる。

己の想いが明確な今、カイに迷いはない。

しかし。

「カイ様！　カイ様！　だめですよ！　お医者様に禁止されてます！」

ドンドンと扉を叩く音に、腕の中で、陥落しかけていたサクラの体に僅かな意思が戻る。

「アイリ！」

明らかな焦りを含んで咎めるタキの声。

カイは小さく舌打ちをした。

「……な、に……？」

サクラは、ボンヤリとした頭ながら、アイリの声を聞いた。

禁じられている？　何を？

「あの医者か……余計なことを」

カイが珍しく毒づいた。

「カイ様！　サクラ様はお預かりします！」

扉の向こうでアイリが喚いている。

「アイリ、止めなさい」

タキが止めることを期待してみたが、荒々しいノックが止む気配はない。

どうやら、タキでも止めることはできないようだ。

無遠慮に扉が開け放たれなかっただけでもマシか。

カイは諦めのため息を漏らして、扉に声をかけた。

「三十分後に迎えに来い」

「……三十分？」

扉の向こうの不審げな声。

腕の中のサクラは、まだ状況を把握できていないようだ。カイの胸元におとなしく収まっている。

「それまでに落ち着かせる」

自分自身と妻を。

裏腹に、口づけながら。

「アイリ、来なさい」

なんとか納得したらしいアイリとタキの気配が扉の向こう側から消えていく。

「アイリを使ったか……忌々しい医者だな」

カイの呟き。

「あ……控えるって……」と、少し晴れた思考でようやくキリの言葉の意味に気づいたサクラは、俯いて顔を赤らめた。

カイは己の手で乱したサクラのドレスを不本意ながらも今度は着せていく。

抑え切れない想いに、肌に口づけることを自らに許しながら。

「……カイ様……離して下さい」

カイの指や唇が、触れるたびに震えて煽るくせに、そんなことを言う。

「様はなしだと言っている」

囁きは限りなく甘く咎める。

「……カイ……」

呼ぶ名に笑みが浮かぶ。

何度となく、己のものだと思い、口にもしてきた。

だが。

「お前は俺のものだ」

今は、その意味があまりに違う。

愛しい。

大切な――剣の鞘であり、妻である唯一の女だ。

「今更だもの」

サクラは呟いた。

「いつだって、貴方は望みどおりになさるのに」

それは、非難なのか。カイの耳には、ひどく心地好い。

「……しばらくは、望みどおりとはいかないようだがな」

名残惜しげなキス。

深く求めるそれを、サクラは拙く追いすがるようにして受け入れた。

時間の感覚など、まったくなくなるほどの交わり。

だが、時間を告げる乱暴なノックと「開けます！」の声が、それを破った。

「待ちなさい、アイリ！」タキの声が聞こえた時、既に扉は開け放たれ、アイリが部屋に現れた。

カイは呆れながらも、サクラを抱き寄せた腕を解こうとしない。サクラはサクラで余韻が拭い切れず、ぐったりとそれに身を任せている。

その様子にアイリが立ち尽くしたまま真っ赤に頬を染め、頭を抱えたタキは妻の手を引いて部屋を出て、静かに扉を閉じたのだった。

6

いつものように、ホタルの手を借りながらドレスを身につけた。

髪は相変わらず結わずに背中に垂らし、それをホタルが丁寧に梳いてくれる。オードル家を出て以来、揃える程度にしかハサミを入れていないため、気がつけば腰を越えて膝に届きそうなほども長い。「少し切りたい」と言うと、ホタルも同意してはくれたが、実現はキリングシークに戻ってからになりそうだ。

薄く化粧も施して、朝の準備は——できてしまった。

「サクラ様。準備できましたよ」

言われなくても、分かっている。

「カイ様のお部屋に行かれるのでしょう？」

あっさりと言ってくれるホタルを、ちょっとむくれて睨《にら》んだ。

「簡単に言わないで……心の準備がいるの」

とてもではないが、身なりを整えている時間では築けない心の準備が。

ホタルは眉を寄せた。

「心の準備、ですか？」

サクラは頷いて、干し草を丁寧に編み込んだ良い香りのするラグの上に座り込んだ。

床まで広がる髪をまとめて、手元で遊ばせながら「こんな状況、想像したことないもの」と呟く。

カイの元へ行けば、待っているのは当たり前のような口づけや抱き寄せる腕。

愛しい。大事。失いたくない。

声になった想いを、そのまま伝えてくるカイの指先には、一片の迷いもないようだ。

だけど、サクラにとって、それはあまりに急激な変化で戸惑わずにはいられない。

「どうしたら良いのか分からないの」

「私だって、どうしたらいいか分かりません」

ホタルは味も素っ気もない答えを返した。

アイリの無作法のおかげで、あの日を境にカイとサクラの関係に変化が生じたことは、ホタルも承知している。こうも変わるものかと、ホタルが驚きを禁じ得ないほど、カイのサクラへの愛情は惜しみない。

それがサクラを悩ませていることも、よく分かってはいる。

分かってはいても、「相談相手には到底なれません」

年かさのいった知識や経験のある者ならば――例えばマアサのような者ならば、何か言えるのかもしれないが、しかしながら、ホタルにはなんともしようがない。

「頑張って心の準備をして下さい」

言えるのは、それだけ。

言われたサクラも分かっている。

人から見たらとても贅沢な悩みなのだろう。想う人に想われて、どう受け入れていいのか分からないなんて。

でも、つい数日前まで、名ばかりの妻になろうと頑張っていたのだ。

鞘として、カイの傍らにあろうと自分に言い聞かせていた。

想いは叶うはずがないと思っていたから。

それを、いきなり妻のように扱われ、求められても、心も体も付いてこない。

「サクラ様、そろそろ行かれた方が……」

言いかけたホタルにタイミングを合わせたように、扉がノックされる。ホタルが言葉を止めて、そちらに答えると、慌ただしくシキが部屋に入ってくる。

「奥方様、そろそろカイ様のところに行って下さい」

どうやらお迎えが来てしまったようだ。

サクラは、なんとなくホタルを見た。ホタルは困ったように肩を竦めてみせた。

「何か不都合でも？」

シキが、サクラではなくホタルに尋ねる。

ホタルはちらりとサクラを見て、「……何もないと思います」と答えた。

ホタル、冷たい。

サクラは思ったが、ホタルがどうにかできるはずもない。

「じゃあ、カイ様のところにどうぞ」

サクラは立ち上がらずに、シキを見上げた。

シキの顔に苦笑いのような、子供をあやすような笑みが浮かぶ。

「……まあ、奥方様の戸惑いも分からなくはありませんが」

何か、助言でも頂けるのか。

じっと見ていると、シキは独り言のように「カイ様も花を眺めて愛でる方ではないので……しかも、それが咲き誇って、触れられるのを待っているかのようでは堪えろと言う方が酷でしょう」

言われたことの意味に、サクラの顔が熱くなる。シキから目を逸らして俯いた。

まるで、サクラの方がカイを誘っているようではないか？

「まして、貴方は妃な訳ですから……本来なら、誰に咎められることなく、好きにしていいはずですし」

好きにする？

とても際どいことを言われている気がする。

いよいよサクラは俯いた。耳までが熱くて、多分、顔は赤くなっているだろう。

「医者の言うことはもっともかもしれませんが……我慢させ過ぎるのもどうかと思いませんか？」

そんなこと、どう答えろというのか。

恥ずかしくて、顔が上げられない。こんなことなら、さっさと言うことを聞いてカイのところに行けばよかったとさえ思えてくる。

「シキ様」

見かねたホタルがシキを呼ぶ。シキは、赤くなって睨んでいるホタルをちらりと見たが、さらに続けた。

「怪我なら大丈夫ですよ。あの程度なら、あの方にとってはどうってことないですから。何も気にせずカイ様に任せてしまえば、あとは……」

もう、いいです。

サクラが思ったのと、「シキ様!」ホタルの咎める声が重なった。

きつい声にそっとホタルを見ると、真っ赤になって涙目になっている。

サクラの気分そのままの表情だ。

そんなサクラとホタルを交互に見やったシキだが。

「カイ様がご自身の想いを認められたのは、つい先ごろのことではありますが」

ふとその笑みが、悪戯めいたものを潜めた。

「……私はもっと前から、カイ様のお心に気がついてましたよ」

思い出すように天井を眺め、とんとんと指先で額を突《つつ》くシキを、サクラとホタルはこっそりと視線を交わして言葉を待った。

「何せ側近中の側近なので……奥方様には言えないようなカイ様のご関係も少なからず存じておりましてね」

シキが何を言いたいかを察して、サクラは少しだけ身を固くする。

それはサクラの耳にだって入ってきていたし、いつかの姫君からの口からだって発せられたあれやこれ。

実際にはもちろん見ることさえないその存在に、胸を騒がせ痛めたことは、なかったことにできようもない。

「いつ頃からですかねえ……ご本人は多分無意識なんでしょうが……まあ、そういう方をお召しになることが徐々になくなりまして」

シキの視線が、天井からサクラに戻ってくる。

やはりそこに、からかうような気配はなく、ただ優しく、ただ真摯だ。

「……もう随分と前から、すっかり清廉潔白な日々を送っておられるのですよ」

と、そこで笑みが変わる。

「随分と前から、ね」

からかいを戻したシキが、サクラに手を差し延べる。

「そういうカイ様から逃げないであげて下さい」

今の話の後では、かえって行きづらいものがあったりする。

ますます、どうしたら良いのか分からないではないか。

「分かりました」

それでも、行かないという選択肢はない。

今の話を聞いてしまったから、なおさら。

相反する気持ちを持て余しながら、サクラは立ち上がった。

心の準備は完璧ではないが、グズグズしていても仕方ない。

「ホタル、行ってくるわ」

泣きそうな瞳でシキを睨んでいるホタルに声をかける。

ホタルはすぐに近寄ってきて、たいして乱れていない髪とドレスの裾を直してくれた。

「行ってらっしゃいませ」

涙目ながら微笑んで言ってくれる。サクラはちょっと笑って、頷いた。

扉から出ようとすると、シキが付いてきながら「……そんな訳なので、あまり焦らすと、ご自身に返りますよ」と呟く。

先ほどの続きでからかわれているのかと見上げると、思いのほか優しい視線が見下ろしていた。

どうやらこの会話は、シキにとっては敬愛の表れらしい。

そう気がつけば、サクラの方も少しだけ気分と口が軽くなる。

「……焦らしてなんていません」

歩みを進めながら、ちょっと拗《す》ねたような口調で呟いた。

そんな駆け引きができないからこその、心の準備ではないか。

「おや……自覚がおありにならない？」

シキは一歩後を歩き、笑いを零しながら答えた。

「そんなの……分かりません」

正直に言う。

サクラの何がカイを誘うのか。何が焦らしていることになるのか。

「無意識の誘惑ほど、そそられたりするので要注意ですよ」

サクラは足を止めて振り返った。シキも距離を保ったまま止まる。

「ご経験がおありな訳ですか？」

尋ねると、驚いたように眉が上がった。

「焦らされている方ですか？　無意識の誘惑の方ですか？」

さらに尋ねると、シキは吹き出した。

そして「そうやって、カイ様にもお話しになれば良いんですよ」と微笑んだ。

「戸惑いがあるなら、そうお話しすれば良いんです」

シキが歩き始めた。サクラもその後に続き、カイの部屋の前で「シキ様」と声をかけた。

「はい？」と返事をくれる側近に「……いろいろとお話し下さって、ありがとうございます」

微笑みながら礼を述べた。

シキは困ったような笑みを浮かべた。

「気をつけて下さい。そういうお顔が男には誘惑だったりするんですよ」

そしてカイの部屋をノックしながら、片目を閉じた。

「先ほどの会話は、カイ様にはご内密に……嫉妬されるのはタキで懲り懲りなんです」

7

サクラが部屋に入ると、カイは手元の書類から顔を上げた。

「おはようございます」

シキとの会話のせいで、いつにも増してカイを見ることが恥ずかしい。

カイは低い挨拶を返すと、ずっと見ていたらしい書類に再び視線を戻した。

邪魔をしないようにと、サクラはカイが座るソファの脇を横切り、少し離れた窓辺に近づいた。窓は開けられていて、小鳥のさえずりが聞こえてくる。

窓枠に手を添えて、外を眺めた。

朝特有の冴え冴えとした空気が満ちている。見上げれば、空は高く青い。

夏はほとんど雨が降らないというこの国は、今日も一日良い天気となりそうだった。

しかしながら、サクラはその清々《すがすが》しさを満喫することはできなかった。そっと窺うカイの気配は、険しく張り詰めている。書類に落とされている瞳は、苛つきと憤りとを含んで色濃く沈み込んでいた。

それが、手元の紙切れに起因していることは、安易に知れた。多分、先日逃した魔獣の件だろう。

あれから、この屋敷には、引っ切り無しに狩人や兵士が出入りしている。タキやシキも慌ただしい。

サクラはカイから空へと視線を移した。

どこにいても。どんな状況にあっても。

カイは軍神なのか。その体と心が完全に解き放たれることは、あり得ないのだろうか。

カイは書類を読み終えて、窓辺に立つサクラへと視線を投げた。カイが見ていることに気がつかない妻は、自然体で窓から外を眺めている。

長い長い髪が、風に揺られて、カイを招くようだ。

歩み寄ろうかと思ったが考え直し、もう少し、と見つめる。

薄手のドレスから見える肌は、艶やかな白。柔らかな布地が隠すようにしながらも、映し出すのはしなやかな肢体。

表情豊かな緑の瞳はとても正直で、カイにサクラの感情を告げる。

体調の良さを示す色づく頬と唇が鮮やかだった。

確かに、目を見張る華やかさがある訳ではない。

だが、本人が卑下することなどどこにもない。年頃の娘相応の美しさがそこにあった。

もっとも、カイにとっては、それさえどうでもいいことだ。サクラが愛しいということに、それは何ら関係がないように思える。

何にも代え難い存在なのだ。

自身で戸惑うほどに。

不思議なもので、こうして眺めている分には、激しい欲望とはかけ離れた穏やかな気持ちで満たされるのに。

ひとたび欲すれば、それは際限なく膨れて暴走する。

サクラがカイに戸惑い、時折怯えに近い感情をも抱いていることは分かっている。

だが、同じように、カイが自分自身に戸惑うことがあるとは思ってもいないだろう。

サクラが愛しい。それには何ら迷いはない。

ただ。

ふと、サクラがカイを見た。

「終わりましたか?」

尋ねてくる。

「少し前にな」と答えると、頬が少し色づく。また、カイを誘う。

「お声をかけて下さればいいのに……」

僅かに詰《なじ》るような、それでいて甘く聞こえる呟きに「お前を見ていた」正直に答えながら、忌々しい書類を放りサクラに手を差し延べる。

サクラの頬がさらに色を増す。

「来い」

窓辺から離れようとしない娘に命じる。

自ら近づくことは簡単だ。サクラは逃げない。だが、サクラから近づいて欲しい、とカイは待った。

サクラは、カイを見ないまま近づいてきた。届く距離に着くと、再び手を差し延べる。

迷いを見せながらも載せられる手を包み、引き寄せて足元のラグに座らせた。

本当は抱きしめてしまいたいのだ。だが、そうすれば……また、欲しくなる。穏やかな愛しさは一転し、激情だけがカイを巡るだろう。

それに、カイは戸惑うのだ。

「魔獣は見つかったのですか？」

カイとの距離が、サクラを落ち着かせたのか。

珍しくサクラから問いかけてくる。

「いや」

答えると、控えめな安堵が伝わってきた。

「安心したか？」

先ほどまで、魔獣を発見できないことはカイを苛つかせていたのだが。

サクラのその安堵は、どうしてかカイには不快ではない。

カイの傷を思っての純粋な祈りは、カイが忘れていた自分への執着を思い出させる。

「もう少し……お休みになって頂きたいもの」

サクラは俯いたまま呟いた。

「医者の言うとおり、おとなしくしているが？」

サクラは首を振り、顔を上げた。

「剣は私の中で眠っているのに……」

サクラの手は、勇気を振り絞るかのようにラグの上で拳を作っていた。

「貴方は少しも休まれていない。体はこうしていても……まるで、今も剣を持っているみたいだもの」

サクラの言葉は思いがけず、カイを鋭く刺した。

確かに。

剣を手にしてから、常に戦いに身を置いてきた。戦場から戻っても、軍神であり皇子であることを求められた。そうでなければ、世界は今も混沌《こんとん》とした血なまぐささに満ちていただろう。

だが、今は。

確かに時は変わったのだろう。

剣は常に晒されている必要はなくなりつつある。むしろ、それは新たな火種となりかねない危うささえ持っているのかもしれない。

剣は、時を察したのだろうか。

だから、サクラを選んだのだろうか。

刃は納められることがあっても良い。安穏とした眠りにつくことが許されると。

そう、あの煌《きら》めく半身は判じて、サクラを求めたのだろうか。

だとしたら。

「剣が私の中で眠る時は、カイ様も少しでも、お休みになることができればいいのに」

サクラの呟きに、カイは衝動的に足元の体を抱きしめた。

「……っカイ様」

驚いて逃げようとする体を、必要以上の力で捉える。

「サクラ」

カイはサクラの顎を持ち上げ、視線を合わせた。

怯えたような瞳は、しかし、カイを見つめる。

「お前次第だ」呟く。

サクラだけだ。他の誰でもない。

「お前が……お前だけが、俺を穏やかな時に導く」

サクラは抗いを止めた。

緑の瞳が揺れて、慎《つつ》ましく、華奢な手の平が、カイの背を抱く。

「本当に？」

いつかの……正気がなかった時のように、だが、今は確かな意思を持って胸元に体が寄せられる。

カイの中で穏やかさが姿を失い、荒々しいそれが現れる。

「もっとも……今は安穏ともしてられんな」

戦とは違う、切なく甘く凶暴な欲望が、カイから穏やかさを奪っていく。

「カイ様？」

意味が分からないのか。

顔を上げて視線で問う妻の耳元で囁く。

「……サクラ……」

掠《かす》れる声は自分でも呆れるほどの欲に塗《まみ》れていた。

おとなしく背中を抱いていた手の平を滑らす。サクラがはっと身を引こうとする動きをむしろ利用して、ラグへと倒す。

体を被せるように重ねると、下で小さな体は自らを護るように、なお小さく丸くなった。

「サクラ」

名前を呼ぶと、消えそうな声が「だめです」とカイを制止する。

聞こえない振りをした。

アイリの露骨な牽制《けんせい》に思えるドレスは、隙なく肌を隠している。

だが、そんなものが、何の障害になるだろうか。

ドレスの紐《ひも》を解き、ボタンを外す。夢でもカイを誘う肌が温もりを伴って現れ、煽り立ててくる。

サクラは両腕で自分自身を抱いている。その腕をカイが摑むと、首を振って小さく拒絶した。

「サクラ」

力で従わせるのは容易い。

だが、それはしたくない。

「だって……お医者様が……」

小さな声が、だが、はっきりと告げる。

「大丈夫だ」

また、首を振る。

「だめです」

ギュッと体を小さく縮め、「……お怪我が……」と言い募る。

気がつけば、サクラの目尻に涙が溜まっている。

カイは、涙を唇で拭った。

「嫌か？」

嫌だと言われても、離す気はなかった。むしろ、その言葉がサクラから出れば、カイは強引に事を進めたかもしれない。

だが。

「……嫌……ではないです」

サクラはさらに丸まり、消え入りそうな風情で答えた。

「どうすればいいですか？」

そして、涙の溜まった瞳でカイにそう問いかけた。

「……嫌ではないです。でも、お怪我に障ったら……困ります」

カイは苦笑いを浮かべずにはいられなかった。その笑いは声になる。

「カイ様？」

カイの様子に驚いたようなサクラから体を離し、隣にゴロリと横たわった。

そして、サクラを引き寄せ、その半身を胸元に乗せる。

「……サクラ。それでは誘っているのと変わらない」

そう、拒絶ではない。

まるで誘惑のような——なんて甘い戒め方をしてくれるのか。

「誘ってません！」

サクラの頬が朱を敷く。

だが、言ってから、何か思うところがあるのか。

「……誘ってますか？」

心細げに尋ねる妻に、気がつく。

「シキあたりに何か言われたか？」

正直な瞳はカイから逸れて、俯く。

「言われたな」

カイはサクラの顔を上げさせた。

「何を言われた？」

問うと、サクラはカイの胸元に顔を隠すようにして呟いた。

「秘密です」

その仕草が愛らしい。妻と秘密を共有するらしい昔馴染みの側近に、思いがけない黒い感情を覚える。

だが。

「まあ、いい」

今日のサクラは、カイに一生懸命何かを、なるだけたくさんのことを伝えようとしている。

それは、在るだけだったサクラが一歩進み始めたということだ。

口の悪い側近が何を言ったかは知ることはできなさそうだが、それがサクラの背を押したなら、それも良しとしよう。

「カイ様？」

サクラを抱いていると、再び穏やかな気持ちが訪れる。それは、カイ自身が驚いたことに、眠気を伴っている。

サクラが身を起こした。

カイは、座って見下ろしてくる、まだ手に入らない妻の膝に頭を載せる。

びっくりと目を見開いたサクラに対して、カイは瞳を伏せた。

「少し眠る」

今なら、心地好い眠りにつけそうだ。

「……お休みになるならベッドに……」

その言葉に、また笑いが零れる。

「お前とベッドに入って、俺がおとなしく眠ると思うか？」

瞳を閉じたままだから、サクラの顔は見えない。

だが、きっと赤くなり、眉を寄せている。

「……何も言えないではないですか」

呟く恨み言。

カイは笑う。

だが、もうすぐに眠りは、カイを訪れるだろう。

「お前は眠れているか？」

一時の体調の悪さを思い尋ねると、「はい」との返事。

「……眠れないのは俺だけか」

夜になると。
一人になると。
痛まないはずの、傷が痛む。
「痛むのですか？」
カイの手が胸元に当てられるのを見て、サクラが心配そうに手を重ねてくる。
「いや……傷は痛まない」
そう、違う。疼《うず》くのは、もっと奥。
ない温もりを求めて、心が痛いと訴えるのだ。
その痛みに、眠りは妨げられる。
「お前は……俺にどれだけのものを与えるのだろうな」
失ったはずの痛みさえ。
サクラがカイに与えるのだ。
程なく聞こえる穏やかな呼吸が、カイの眠りを伝えてきた。
瞳がまぶたに隠された顔は、いつもよりいくらか幼く見える。
サクラはそっとカイの髪に触れた。起きる気配はない。
いつだったか、カイは言った。

戦いは一生続くのかもしれないと。
あの時、サクラはそれに怯えただけだったけど。
今は思うのだ。
こうして、カイが穏やかな時間を過ごすことができるなら。
使い手が、その研ぎ澄まされた精神と体を、少しでも解放することができるなら。
それだけで。
それだけで、ここにいる意味がある。
「お休みなさいませ」
呟いた。
いずれ、また軍神は戦いに赴くだろう。
でも、今は。
もう少し。

第五章

1

最初に異変に気づいたのは、やはりホタルだった。

嫌な――でも、つい最近聞いたことのあるような、それは唸り声と息遣い。

もはや程近い、確実にこちらへと近づいてくる足音。

誰に知らせるべきかを迷っている時間はなかった。

夜着にショールを羽織り、髪も結わずに部屋を飛び出す。

ホタルは無礼を承知で、カイの寝室の扉をノックした。

眠りが浅いという主は、すぐに姿を見せた。さすがに寛いだ姿をしてはいたが、眠たげな様子もない。

「どうした？」

静かな空間に響く声は、ざわめくホタルの心にいくらかの落ち着きをもたらした。だが、焦る思いは止められず「嫌な音がするのです」

無礼を詫びることも忘れ、早口に告げる。

「……分かった」

カイは何をと問うこともなく、一旦部屋へと姿を消した。すぐさま現れたカイの手には、剣が握られていた。

「どんな音だ？」

早足で歩きながら尋ねてくる。

その足は、迷わずサクラの部屋に向かっていた。

「……唸り声……呼吸……足音……とてもたくさんです」

聞こえるものを口にしながら、ホタルは足が震えてきた。それでも必死にカイの後を追う。

「どのくらい近い？」

近いのだ。

それはとても近く、そして、いったいどれほどいるのか。

「かなり近いのです。申し訳ありません。魔獣は音を消すのが上手なので……」

歩みを止めることなく「詫びる必要はない。シキに知らせに行けるか？」

命令ではない問いかけ。

この怯えを、主は気がついているのだとホタルは気づき、しっかりと答えた。

「はい」

カイが少し微笑む。

その笑みが、ホタルを力付けた。

す。

「寝てるだろうが、たたき起こせ」

その物言いに、不謹慎とは思いながら笑みを浮かべ、ホタルはシキの部屋へと走り出
ホタルの言う嫌な音が、カイの肌を突き刺す気配に変わった。

カイもまた走り出す。

気配が色濃くなっていくのを感じて、気持ちが逸《はや》る。

サクラの部屋の前に辿り着き、ドアに手をかけた。

ドアを開けようとノブを捻《ひね》ったまさにその瞬間、ガラスが割れる激しい音が、扉の向こうから聞こえた。

カイは剣を抜きながら、ドアを開けた。

「サクラ」

闇に近い暗がりの中、サクラはベッドの中で身を起こしていた。

「カイ……様」

名を呼ぶ声が、震えている。

サクラの周りには小さな光が溢れていた。

だが、その光に救いはない。

無数にあるそれは瞳だった。様々な彩りが異様な熱を湛えながら、サクラを取り巻く

ように揺れている。
おぞましい光景だった。何にも代え難い娘が、大小様々な魔獣に取り囲まれている。
カイは、自分に言い聞かせた。
大丈夫だ。
サクラの中には、剣がある。
そして。
「随分と賢《さか》しいことをする」
傍らにある大きな影に呟いた。

それは巨大な魔獣だった。つい先ごろ見た魔獣でさえ、その大きさに慄《おのの》いたのに。
なお、大きな姿はおぞましい。
いったい、この世にはどれほどの獣が存在するのか。
カイの背丈をはるかに越える体は、漆黒の軍神よりなお黒い。
小さな光が飛び回る中、一際大きく光るのは、瞳のないどす黒い紅。
まったく感情らしきものが見えない眼球が、現れた男を見下ろしている。
顎を越えて伸びる長い牙は、今にもカイの首筋に触れそうなほど近い。
サクラは、体を巡る悪寒に震えた。

「カイ様」

呼びかけると、名の主ではなく、名もなき獣達が叫んで返す。

そのけたたましさに、サクラは耳を塞いだ。

これは、いったい何？

何が起きているの？

「サクラ」

カイが名を呼ぶ。

砕け散りそうな正気を持ちこたえる。

「大丈夫だ。お前にはどいつも近づけん」

その言葉に、サクラははっとする。

剣が私を護るから？

サクラは首を振った。

それでは、カイは？

軍神は、また、剣を鞘へ封じるのか。

「カイ様……剣を……」

抜いて下さい。

サクラの言葉を遮るように、黒い魔獣が吠《ほ》える。

それに呼応して、何頭かの獣がサクラへと飛び掛かる。

だが、弱きものは霧散し、多少の力を持つものは弾かれて、悲鳴を上げる。

これは、脅しなのか。

剣を呼び寄せてみせろ、と。

今はサクラの身の内に眠る剣が、使い手の呼びかけに応えて放たれたその瞬間、数多《あまた》の魔獣が柔らかな体を食い千切るであろうと言わんばかりに。

黒き獣が、笑ったように見えた。

この魔物は知っているのか。

鞘の娘を護るために、使い手が剣を持たないことを。

故に、ここに来たのか。

「カイ様」

カイは、魔獣を見据えていた。

悠然ともいえる姿で。

「お願い、カイ」

いやだった。

こんな護られ方はいや。

確かに何もできない。

無力だ。
だけど、こんなのは。
こんなことになるなら。
鞘である私が、どうして貴方を追いつめるのか。
「カイ!」
サクラはベッドから降りた。
小悪魔達が騒ぎ立てる。
どうしたら良いかなんて、分からない。
だけど、おとなしくなんてしていられない。
カイへと駆け寄ろうとするサクラに、獣は一瞬たじろいだ。
が、すぐに雄叫《おたけ》びを上げ、カイへと牙を振り上げる。
サクラがカイに辿り着く。カイが駆け込んだサクラを胸元へと抱き込み。
破魔の気は、カイに向けられていた牙を、かろうじて弾き飛ばした。
「……こんな時はおとなしくしていてもらって構わんのだがな」
サクラを抱き寄せながら、カイは呆れたように呟いた。
だって。
サクラの言葉は声にならなかった。

獣は、破魔の剣の気に圧され、一時は退いたようにも見えたが、再びカイへと飛び掛かる間を計り始めた。

カイは剣を構えはしたが、破魔の剣でなければ、目の前の魔は討てないことを確信していた。

これは、強い。いくら研ぎ澄まされた剣でも、討つことはできないだろう。

魔獣が大きく口を開けて、カイへと牙を剝く。

カイはサクラを背に庇いながら、剣を魔獣の口の中へと突き立てた。

獣は耳障りな悲鳴を上げたが、牙を納めることなくカイへと振りかざす。

その刹那。

白い風が、部屋を走った。

何か。

疾風を視線が追う。

白い影となったそれは、カイに向かう黒い塊に当たり、弾けた。

黒い魔獣はよろめき、白い影は――獣の姿で、カイの前にすっと立った。

その姿を、サクラは知っている。

一度だけ血を与えた、主のない美しい使い魔。

白い獣は、カイと体勢を立て直した魔獣の合間に立つ。

カイを護るように。

しかし、服従しているようではない。

黒い魔に牙を剝くも、カイにもまた、威嚇するように瞳をぎらつかせる。

「……見かねたか？」

カイが呟き。

「サクラはお前に預ける」

そして、まるで剣を持っているかのごとく、腕を構えた。

サクラの周りを覚えのある風が渦巻く。

そして、静まった空間に剣が煌めく。

カイが剣を手にするのと同時に、白い獣はサクラへと駆け寄った。

立ちすくむサクラの傍らに立ち、剣の庇護を無くした獲物に飛びつこうとする悪童を恫喝《どうかつ》する。

魔に囲まれている。

白い魔獣に護られている。

サクラには、何も分からなかった。

視界にあるのは、ただ、カイのみ。

破魔の剣を初めて見る。その使い手を見るのも、また初めてだ。

軍神だと。
荒ぶる神だと。
その意味を知る。
カイは、剣を獣に向けた。
剣は自ら光を放つ。
目覚めさせられた刃にあるのは、歓喜か憤怒《ふんぬ》か。
獣は、破魔の気に圧されたように後ずさった。
「やはり……賢しいな」
ただ、向かってくる輩ではないのだ。怯えを知っている。
カイは自ら近づき獣を追いつめる。
後ずさった獣は、やがて退路を断たれ、前脚を高々と上げて、カイへと飛び掛かった。
大きく開かれた口には牙と、カイが突き立てた剣がある。
破魔の光に映し出されたそれらが、消える。
光が闇にのまれる。
カイの姿が獣に隠される。
魔獣の激しい叫びが響き渡った。
そして、闇の中から光が生まれる。

二つ身に倒れる魔獣の向こうに、カイと剣がいた。
黒い獣がビクビクと引き攣り――やがて動かなくなる。
まったく聞こえなかった小さな獣達の耳障りな声が、一気に部屋を埋め尽くした。
いったい、どれほどいるのか。
カイは、さらに剣を構えた。
しかし、小さな魔獣らは一斉に四方へと散り始める。
破られた窓から一目散に次々と姿を消していく。
やがて、静かな夜が訪れた。
「サクラ」
呼ばれる。
サクラは迷わずカイの胸元へと身を滑り込ませた。
「汚れる」
首を振る。
魔獣の血がなんだというのだ。
それが、カイを抱きしめない理由になろうはずがない。
「カイ様!」
ホタルを伴って、シキが現れる。

シキの手に握られた剣は、魔獣の血に塗れていた。

「遅い。もう終わった……ひとまず、だがな」

カイは、サクラを抱きしめた。

シキは倒れている巨大な骸に目をやりつつ、ホタルの腕を掴んだままカイに近づいた。

「無茶言わないで下さい。そこら中、魔獣だらけだったんですから。屋敷の中は、めちゃくちゃですよ」

ホタルは魔獣を見て、そして、カイに抱かれているサクラを見た。

サクラはカイの腕の中で、大丈夫だと頷いてみせる。

「カイ様、屋敷内には魔獣は残っていないようです」

シキの背後から、タキが姿を見せる。

日頃の清廉とした姿とはかけ離れた、血塗れの戦にあるべき姿だった。

「例の魔獣でしょうか。サラが仕留め損ねた……」

「分からん。見知った者に確認させろ」カイがそう告げると、タキはすぐに踵《きびす》を返《かえ》し、部屋を出て行った。続けてシキに「この辺りの狩人に伝えろ」と命じる。

「ここから去っていった奴らが、しばらくは暴れるだろう。根こそぎ討ち払え」

「了解です。俺も、このまま着替えて出ますよ。奥方様、準備にホタルをお借りしても？」

この状況では、どれだけ動ける侍女がいるかも分からないだろう。サクラは頷き、ホタルを見た。

ホタルは、サクラがカイに護られていることを確認するように見つめてから、シキについて部屋を出て行った。

それを見送り、誰もいなくなった部屋で、サクラはカイの手に触れた。

いまだ剣を握り続けている手。

まだ、終わらないのだ。

言葉もなく、カイに抱きしめられていると、蒼《あお》い顔をしたアイリが現れた。

「アイリ、悪かったな。やはり、俺はここに来るべきではなかった」

アイリは首を振った。そして「カイ様が魔獣を引き寄せた訳ではないでしょう」と言って微笑んだ。

「貴方がいなかったら、もっと多くの犠牲者が出たわ」

アイリが手に持っていた衣類を、カイに渡す。

「タキが準備しろと言うから……本当はお渡しするのは嫌なんだけど」

それは、漆黒の軍衣。

カイはサクラを離した。剣をサクラに渡す。

サクラは初めて剣を手にした。ずっしりと重いそれを、カイは軽々と振るうのだ。

「……カイ様」

血に濡れた夜着を脱ぎ捨て、黒衣を身につける。

「行かれるのですか？」

カイは頷いた。

剣は爛々と輝き、サクラの元に戻る気配はない。

剣をカイへと手渡すと、サクラは黙ってカイの着替えに手を貸した。

血で汚れた体を清めることもなく。

「……行ってくる」

まだ、傷も癒えていないのに。

それでも、行くなとは言えないのだ。

この人は、眠りから目覚めた軍神なのだから。

「サクラ」

腕を伸ばし、カイの首へと回した。

「行ってらっしゃいませ……お気をつけて」

ぐっと抱きしめられて、口づけを受ける。

「……怪我なんてしないで……」

離れた唇の隙間から、わがままにも似た願いを囁く。

「サクラ」

もう一度触れる口づけ。

「……私を……妻にしてくれるのでしょう？」

カイは微笑んだ。

「戻ったら……今度は逃がさん」

名残惜しげにサクラを離し、カイは少し離れて座っている白い獣を呼んだ。

「タオ」

白い獣は視線をカイへと向けた。

「剣が俺の元にある間なら、サクラの側にいられるだろう」

驚いてサクラがカイを見上げた。

カイがサクラに「サラが名付けた……あれはタオ」

そう教えた。

「お前が欲しいようだが譲ってはやれん」

カイはサクラの背中を押し、囁いた。

「俺がいない間だけだが……側においてやれ」

そう言い残して、カイは部屋を出て行く。

サクラは背中を見送った。「……行ってらっしゃいませ」呟くと、慰めるようにタオが傍らに歩み寄り、ペロリとサクラの手の平を嘗めた。

「……タオ……というのね」

サクラは跪き、白い獣を抱きしめた。

「……カイ様を助けてくれてありがとう」

タオは不満げに鼻を鳴らす。

「私を護ってくれてありがとう」

微笑んで、その目元に口づけた。

白い獣は、もっと褒めてくれというように、サクラへと頭を押し付けた。

2

アルクリシュの館は、ひどい有様《ありさま》だった。

窓という窓は打ち破られ、廊下には敷き詰めたようにガラスの破片が散らばっていた。

数えきれないほどの魔獣の死骸。幾人かの使用人達の、無残に食い千切られた遺体。

そして、壁には爪痕、血痕、体液。

屋敷中に吐き気をもよおす血の匂いが充満していた。

憔悴《しょうすい》しきった者達に、それらの片付けを強いることはあまりにも残酷な要求だった。

結局、魔獣を追って留守となったカイやシキより一足先に、サクラ達はキリングシークに戻るようにタキに指示されて、それに従ったのだった。

サクラを待っていたのは、マアサの涙交じりの笑顔と使用人達の安堵の表情。

それらが、サクラをほっとさせた。涙が零れるのを止められなくて、初めてサクラの涙を見たマアサとカノンがうろたえながらも優しく抱きしめてくれた。

アルクリシュは居心地の良い場所だった。

だけど、もう、既にサクラの日常は、このキリングシークの館なのだ。

ここに戻ってきて、サクラはそれがよく分かった。

でも、まだ、日常は完全には戻らない。

ここには、まだ、カイがいない。カイが戻ってこない限り、日常は帰ってこない。

「また？」

空虚な心と、日増しに強くなる不安を隠して、サクラは毎日を過ごしている。

「また、です」

すっかり様変わりしているクローゼットを目の前に、普段は気をつけているため息を思い切り吐き出す。

「夏のドレスだって全部着られなかったのに」

呟きながら、暑い夏と寒い冬の間の、一瞬だけを彩るドレス達に触れてみる。

夏の生地よりも、指に存在感を主張するそれら。いくらも経たないうちに、これを身につける季節はやってくる。

そして、冬が来れば――ここで、すべての季節を迎えたことになるのだ。

「マアサさんのお子様は、男五人兄弟だそうですよ」

ホタルが苦笑いを浮かべつつ、教えてくれる。

「サクラ様のものを選ぶのが、楽しくて仕方ないみたいです」

そんなことを言われたら、もう、いらないなんて言えないかも。

サクラは微笑んで、クローゼットから離れた。

「あ、サクラ様……中庭に行きましょう」

突然、ホタルが言う。

「……何故？」

理由をうっすらと察しながら尋ねてみる。

ホタルは答えずに、サクラの手を引いて部屋を出た。

すると、向こうからタキが早足で歩いてくるのとかち合う。

「ちょうどよかった」

微笑む側近の続く言葉は、サクラの心に歓喜をもたらしたが――同時に日々大きくなりつつあった不安を一気に膨らませた。

「カイ様がお戻りになりますよ」

それを告げに来たらしいタキは、すぐに来た廊下を戻り始める。

サクラは俯き、ホタルに手を引かれるようにして、それに続いた。

「お帰りには、もう少し時間がかかると思っておりましたが……まったく無茶をなさる」

タキの呆れたようなそれは独り言だろうか。

「サクラ様」

いつの間にか名を呼ぶようになった側近に顔を上げれば、心底同情したような視線がサクラを見下ろしていた。

「お覚悟なさいませ……しばらく離しては頂けませんよ」

この双子の兄弟は、物腰と口調は違うが、言うことは似ている。

サクラは再び視線を落とした。

本当に、カイはサクラを妻にするのだろうか。

サクラは、それを受け入れるのだろうか。

中庭に二頭の翼竜が降り立つ。

一頭にはシキ。

そして、もう一頭には、もちろんカイ。

ざわめく心を抑えて、サクラは型通りの礼で帰還した軍神を迎えた。

それに倣うように、使用人達も深々と頭を下げて受け入れる。

夫を見るのは、二週間ぶりだ。

アルクリシュに惨状を招いた黒い獣。あれの何が、他の魔獣達を引き寄せたのか。

いまもって謎は多く、名の知れた魔獣使いや老師が侃々諤々《かんかんがくがく》の議論を交わしているらしい。

だが、たとえ議論がそれらしい答えを出そうとも、結果、解き明かすことができなかったとしても。

黒い獣に導かれて集まった魔獣達は、統率された軍隊のように力を誇示したのだ。そしてそれを失ったと同時に、ただの個々の無法者に戻ったというのが現実。

黒い獣がいなくなったことで、集められた魔獣達は一斉に解き放たれた。

それは、アルクリシュの館に集まっていたものだけではなかったようだ。

黒い魔獣に魅入られたもの達は、そこかしこの闇に潜んでいた。

森に、町に、村に――ありとあらゆる闇に。

機を窺っていたのか。

何の機を？

それは分からない。

黒い獣が失われた後、解き放たれた魔獣達は、それぞれの飢えのままに暴れ始めた。

それが、彼らの本来の姿だ。

ただ、抑圧されていた反動が大きかっただけ。

カイはその始末を付けるために、多くの狩人を連れて駆けずり回る羽目になったという訳だ。

そして、ようやく剣がサクラの元に戻ったのは、つい、昨日のこと。

今までと同じように突風と共に戻った剣。それと入れ替わるように、ずっと側にいたタオは姿を消していた。

優しい白い獣がいなくなったことに、不思議と寂しさはない。まだ、近くにいるような、そんな気さえしている。

「お帰りなさいませ」

漆黒の軍神は、サクラの記憶の中にあるよりも大きく感じられた。

なのに、いくらか痩せたようにも見える。

「お体は大丈夫なのですか？」

つい尋ねると、カイは頷いた。

「大丈夫だ」

会話はそれだけだった。

館へと歩き出すカイの後を付いていこうと一歩踏み出すと、カイは不意にサクラへ向き直った。

何も考えず、カイの顔を見上げるると、まるで当たり前のように口づけを一つ。

一瞬の出来事。

カイは何事もなかったかのように歩き出した。

家人達の時間は一瞬止まった。しかし、こちらも何事もなかったように各々動き始め、仕事に戻っていく。

「……サクラ様、大丈夫ですか？」

タキが尋ねてくる。優しいものの、決して心から心配しているのではないと知れる声音で。

「意外におとなしいな」

カイの後ろにずっと控えていたシキがぼそりと呟く。

「てっきりこのまま寝室に直行かと……」

続く言葉を、止めたのはホタル。

「シキ様……やめてあげて下さい」

シキは肩を竦めて歩き出した。

「……お先に失礼いたします」

タキが丁寧な礼をくれてから、シキの後を付いていく。

サクラだけが、呆然と動きを止めたまま。

「サクラ様、部屋に帰りません？」

ホタルにそう声をかけられるまで、動くことができなかった。

3

カイが何かを告げたのか。

それとも、長く仕える者は何かを感じ取ったのか。

この日、マアサはサクラの湯浴みに、ことのほか手をかけた。

自分のことは自分で、というサクラに譲歩してくれていたマアサが、頑として譲らず。

湯には、いつもより多めの花びらが浮かんでいたし、髪も念入りに洗われた。

あまりに、あからさま過ぎはしないか。

「何もご心配することはございませんよ」

マアサが髪を梳きながら諭すように言う。これを言うために、ここにいるのはホタルではないのだろう。

「全てカイ様の思し召《おぼ》《め》しどおりになさいませ」

マアサの顔を見ることなく頷くと、組んだ指に震えを見つけた。

乾いた髪を背中で一つの三つ編みにまとめる。

まるで、輿入れしたばかりのように純白の夜着を身につけたサクラは、カイの寝室へと送り出された。

だが、カイはいなかった。

主のない部屋に、ぽつんと一人立ち――――ほっと息をつきながらも、どうしたものかと部屋を見回す。

寝室だから、当然のようにベッドがある。

眠り慣れたベッドだ。

でも、今夜はそこに自ら上がる気には到底なれない。

よくカイが寛いでいる大きなソファに腰掛けて、膝を抱えた。

このまま寝てしまったら……見逃してくれるだろうか。

そんな風に考える往生際の悪さに、ちょっと呆れる。

でも、しょうがない。

あの時だったら。アルクリシュにいたあの時だったら、想いが通じた熱に浮かされたまま、すんなりと受け入れたかもしれない。

でも、ここに戻って、カイのいない時間を過ごして、サクラはちょっと冷静になってしまった。

何の取り柄もない普通の娘。

そんな自分を、思い出して。

カイがキリングシークの皇子であり、軍神であるということも。

今更、思い知る。

カイを受け入れることは……逃れる言い訳をなくすこと。

アイリが、怖かったという場所。

本来なら、大国の姫君こそが、相応しい地位。

何も持たないサクラが、過去には考えもしなかったそれが、今、目の前に現れている。

そんな場所に、どうして易々と行けるだろうか。

オードル家の次女は、強くない。美しくもない。毅然《きぜん》ともしていないし、可憐でもない。

極めて、凡庸な娘なのだから。

サクラは自らの腕で、自らを抱きしめた。

どうしよう。

どうすれば良い？

ほら、怖がっている。

逃げたがっている。

所詮、私などこの程度の者だ。

背後で扉の開く音がする。

近づいてくる人を見る勇気はない。

俯いて、膝に顔を埋める。

「サクラ？」

カイの手が、髪に触れたのが感じられた。

「自分でベッドに行くか……それとも、俺に抱かれていくか？」

どちらも嫌。

だって。

きっと、サクラが思い出したように、カイも気がついてしまう。

カイの望むような娘ではない。

何の取り柄もない凡庸な娘だと。

「怖《お》じけづいたか」

見透かす呟き。

「そんな思いをさせるなら……無理にでも抱いておくんだったな」

情けない思いが、なおさら強まり、サクラは体をますます縮めた。

「サクラ……俺も余裕がない」

そう聞こえたと思った途端、強引に顔を上げられた。

目の前にサクラと同じ布地で作られた夜着を、いつものように前を開けて羽織っているカイがいた。

覗く胸元には、包帯を外した傷痕。

もちろん血は止まっている。だが、完全に癒えているとは言えない、まだ痛みを覚えそうな生々しい傷痕だ。

サクラの鼓動が大きく跳ねた。

背筋が慄く。

この人は……帰ってきたのだ。

あの殺伐とした場所から。

魔獣達が牙を剝き、爪を立てる。

剣が振るわれ、血肉が飛び散る、あのおぞましい場所から。

なのに、何を考えているのだろう。

この人は、言ってくれたではないか。

サクラが、穏やかな時間に導くと。

サクラだけだと。

それだけで。

「ごめんなさい」

縮めていた体を緩めてカイに腕を伸ばす。

「サクラ？」

屈む男の首を抱く。

響く声。温かい体。刻む鼓動。

今は、カイが戻ってきたことだけで。

その言葉を信じるだけで良い。

「すべて……貴方のお望みのとおりに」

なんとか、それだけを呟いた。

カイの腕が強くサクラを抱き寄せて、ソファから抱き上げる。

ベッドに降ろされ、重なってくるカイに見下ろされた。

怖いと何度となく感じた瞳が、いつもよりも色を濃くして、サクラを見つめる。

「煽るな」

苦笑いと呟きで、自分が言った言葉がどんな意味を男に伝えたのかに気づく。

「……もう……何も言いません」

目を閉じた。カイを抱く手に、ほんの少し力を込めた。

「言いたくても……無理だ」

カイの唇が最初に触れたのは、サクラの唇。

確かに覚えていられたのは、それだけだった。


瞬く間に、サクラの全てをカイは暴いていく。

魔獣を薙ぎ倒す日々では思い出さなかった——あえて、思い出さないようにしていた肌の温もりを全身で感じ取ろうと、自分自身でさえ驚く貪欲さで求める。

サクラは従順だった。

強張る体。震える肌。

だが、その唇は一度として否とは零さなかったし、その手が一瞬でもカイを拒むことはなかった。

それでも。

未知の訪れに、華奢な体は怯えて逃げる。

それを易々と抑え。

「逃げるな」

命じた。

刃向かいようのない力で身を進めながら。

己の行為が、サクラに与える意味を、重く受け止めていた。

サクラの怯えを。

サクラの迷いを。

分かっていながら。

取り除くことなどできない。

「サクラ」

名を呼ぶと、細い腕が縋る。

深い繋がりの、さらなる奥を求め。

「俺を受け入れろ」

なお、命じるのか。

受け入れるのは、カイ自身。

そして。

「誓う……お前が俺を受け入れることで、背負うもの縛るもの……全てから護ろう」

かつての誓いは鞘の娘に。

この誓いは、誰より愛しいただ一人の女に。

「だから」

口から零れたのは。

「逃げないでくれ」

初めての願い。

護る。

この命に替えても。

だから、逃げないで欲しい。

娘を愛する男が皇子であり、軍神であるが故の宿命に。

共に向かって欲しい。

「……カイ……」

サクラの腕がカイを抱き寄せる。

「俺を受け入れてくれ」

願う。

サクラは頷いた。

「……サクラ……」

手放せないから。

譲れないから。

だから、もはや、願うしかないのだ。

「……愛してる……」

サクラはカイを抱いた。そして、頷く。

幾度も。幾度も。

カイが命じる数。

願う数だけ。

確かに頷いた。

4

初めてカイの腕の中で目覚めた時、感じたのは違和感だった。

知らない部屋と知らないベッド。そして、知らない温もり。

その後、数えきれないほどの朝が繰り返されて、その目覚めは既に慣れ親しんだものになっていたのだけれど。

今朝は、それともまた違う親密さを感じながら、沈み込んでいた意識が浮上する。

「起きたか？」

昨夜、何度も耳元で囁いた甘さをそのまま含んだ声が、まるで自分の声のように近くに聞こえる。

体が重い。もう少し、動きたくない。

気分は悪い訳ではないけれど。だけど、頭に深い霧がかかっていて。

「そろそろ……限界なんだが」

声が言う意味が、分からない。

「な……に？」

今日、初めて出した声は少し嗄《か》れていた。

「サクラ」

こめかみに触れたのは唇。

肩を辿るのは指先。

昨夜、教え込まれたそれを、サクラの肌は素直なわななきで受け入れる。

「……ん……」

悪戯に触れてくるカイに、サクラはようよう重たいまぶたを上げた。

眩しい光に邪魔されて、何も見えない。再び、まぶたを閉じ、光に慣れてから、ゆっくりと開いた。

目の前に、カイがいた。

覗き込むように見つめられて。

肩が竦んだのは……瞳が昨夜と一緒だったからだ。

金と黒。彩りの鮮やかさが、今も熱い。

「サクラ」

朝になっているはずなのに。

夜を纏ったまま、カイが名前を呼んだ。

求められるまま唇を合わせる。舌先に促されてそっと開ければ、すぐに入り込まれる。

際限なく深まるそれは、朝の挨拶としては度が過ぎている。

「……っカイ様……」

偶然触れてしまったカイに、欲望の証を見つける。

シーツの下で、何も身につけていない体に手の平が這い始め、ようやくサクラはカイの意図に気づいた。

「また、戻るのか？」

体を離そうともがくサクラを、カイは簡単に押さえ込む。

「昨夜はちゃんと『様』なしで呼べていたのにな」

カイの言葉がくぐもって耳に届いたのは、彼の唇が既にサクラの肌を辿り始めたからだ。

「……っや……離して……」

こんな明るい中でなんて絶対に無理。昨夜だって、恥ずかしいことばかりだった。

だけど、暗さに勇気づけられて、必死に受け入れたのだから。

なんとか逃げようと体を捩《よじ》ると、カイは案外あっさり離してくれる。

だが、全身から、まだ荒々しい気配がにじみ出ている。

サクラはリネンを抱きしめて、ベッドの端まで後ずさった。

サクラがシーツを独り占めしてしまったせいで、カイの体が晒される。求めるものが明らかなそれ。

もう、何もかもが恥ずかしく、サクラはシーツに顔を埋めた。

「……サクラ」

ベッドが揺れる。カイが近づいてくる。

「もう朝なのに」

訴える。小さな笑い声。

「そうだな」

足元の布地が取り除かれる。

足先に柔らかな感触が押し当てられて、恐る恐る覗き見れば。

跪き口づけるカイがいる。

「カイ様！」

驚いて足を引こうとすれば、足首が捕らわれる。

「……っ誰か来たら」

カイは足の甲から捕らえた足首、そしてすねから膝へとゆっくり口づけ、「今日はここには誰も来ない」ようやく答えた。

「何故？」

知られたくない体の疼きを隠すように、すぐ問い返す。

カイは、またサクラに唇を触れた。膝からその先へと近づいていく。

サクラは、シーツに顔を埋め、体を震わす。

「俺がそう命じたからだろうな」

命じた？

誰に、どうやって？

問いを口にはできない。

代わりに、耳を塞ぎたいような掠れた吐息が零れた。

「サクラ」

腿《もも》の柔らかな肌に、カイの髪が触れる。

「まだ、足りない」

カイが軽くシーツを引っ張った。

「お前が……欲しくて」

白い生地が落ちて、サクラの色づいた肌がカイへと晒される。

「これでは……俺は休めない」

目の前に、言葉のとおり、まだ飢えの収まらない瞳を持った男がいる。

怖かったはずの瞳。

だが、今は違う意味の慄きだけがサクラを走る。

「……サクラ……」

愛しているとの囁きに、サクラは無駄な抵抗をやめてカイへと身を預けた。

現れた肌に唇を寄せながら、カイは呟く。

「お前には与えられるばかりだ」

カイは不思議なことを言う。

与えるのは、カイの方だろう。

優しさも、気遣いも。ドレスも宝石も。

常に、カイの方こそが与えてきたではないか。

サクラは何も持っていない。

カイに与えられるものなど、この身と心ぐらいだ。

「ドレスも宝石も……地位も権力もいらないならば、俺はお前に何をしてやれる？」

そんなことを問われるとは思いもしなかった。

サクラは何もいらないと答えかけて。

「カイ」

欲しいものがあった。

カイにしか与えられないもの。サクラが欲しくてたまらないもの。

「貴方が好きです」

逞しい体を抱きしめ、かつて一度として声にしなかった気持ちを形にする。

サクラの指先が、カイの筋肉に走る緊張を感じ取る。

「だから……」

愛して欲しい。

ただの鞘ではないと。

サクラが欲しいのだと。

そして、側に置いて。

そうしたら。

逃げない。

立ち向かうから。

貴方への想いと、貴方からの想い。それが私の剣と盾になる。

「煽るなと俺は言わなかったか？」

カイが、サクラをベッドに押し付ける。
「……そんなものなら……いくらでも与えよう」
サクラは微笑んだ。
手を伸ばす。抱きしめる。求めるだけ、与えるから。
求めるだけ、与えて欲しい。
それだけで良いのです。

第六章

1

今日は日が良いので髪を切りましょう、と最初に言い出したのはホタルだった。

絶対的な権限を持つ主が結うことを禁じた髪。

その指先で遊ばれることだけを使命として、常に解かれて揺れる髪は、切ることまでは一度として止められたことはないのに、何故かハサミが入れられないまま今に至っている。

「一番結いやすいのは、このぐらいなんですけど……」

ホタルが言いながら、サクラの腰の辺りに手を添えた。

髪を結うということが当たり前の成人女性としては、ごくごく一般的な長さ。

マアサが「そうね……その辺りが一番結いやすいわね」と頷くのに、

「でも、サクラ様の場合、もう少し長めで、いつもこのくらいだったんです」

と、ホタルが今度、指示したのは腿の辺り。

今、サクラの髪は、ホタルの示した場所をはるかに越えて、膝の辺りで毛先が揺れている。

「……ホタル」

サクラは、肩越しに幼馴染の侍女を呼んだ。

髪を切るという作業自体はほぼ一年ぶりとは言え、サクラとホタルにとっては何度も何度も数えきれないほど繰り返してきたことだ。

今更、何を悩むというのか。

「ここまで長いと、なんだか惜しい気がして」

ハサミを握ったまま固まったホタルは、切りがたい、と言う。

切りましょうの一言から、いったいどれほど時間が経ったことやら。

ホタル一人では決められないとマアサを呼んだは良いが、今度はマアサもどうしたものかと腕を組んで考え始めてしまった。

「……確かに、おきれいですものねえ……」

マアサはうっとりと呟いた。

その讃辞《さんじ》に心からの喜びを表したのは、サクラではなくホタルだ。

「はい」

侍女が手間を惜しまず手入れをしているそれは、確かに切るのが躊躇われるほど美しいだろう。

「でも、この長さでは結うのが大変でしょう?」

そうなのだ。

ここ何度か結い上げる機会があったことで、ホタルもそれは痛感しているはず。

座って整えてもらう側のサクラでさえ疲れてしまうのに、結い上げる側のホタルの苦労は見ていて申し訳ないくらいだ。

「それはそうなんですけど」

ホタルはそれでも迷っている。

結うのがホタルなら、切るのもホタル。

相当なジレンマに陥っているらしい侍女は、ハサミを片手に人生の岐路にでも立っているかのように悩んでいる。

「……ねえ、切らないの？」

サクラは少し呆れながら促した。

それほど、悩むことだろうか。

別に、必要以上に切れと言っている訳ではない。ただ、今の長さは一般的に言っても尋常ではないから、適度な長さにしようと言っているだけなのに。

「……ホタル？」

正直、ただ立っているのにも飽きてきてしまった。

そろそろ結論が出ても良いのではないだろうか。

「もう少し……悩ませて下さい」

しかし、深く眉間に皺を刻みながら、ホタルが言う。

「……いいけど……そんなに悩むようなことかしら……」

サクラは、再び前を向いて立った。

呟きながら、自らの髪を一房手に取って眺めてみる。

「……悩みます。せっかくきれいなのに……でも、結いにくいのは確かだし……」

唸るホタルに、サクラは髪を離して肩を竦めた。

少しの間は、そのまま立って待ってみる。

だが、うんうんと悩めるホタルが結論を出すのはまだまだ先だと感じ取ると、ひとまず休憩を自分に許して、ソファへと腰を下ろした。

マアサの目に映るそのサクラの動作は、なんとも無造作だ。だが、今、まさに髪を切るかどうしようかと悩む侍女の気持ちがよく分かった。サクラの動きに合わせて揺れる髪は、ただ背中に流れている時よりも、なお美しいのだから。

「俺はこのままで一向に構わん」

座ったサクラの隣から手が伸びて、揺れる一房を指に取る。

ずっと黙って見ていたカイが呟いた。

いつもなら、この一言で髪を切るという行為はなしにもなろう。しかし「それでは困るので、こうして悩んでいるんですよ……カイ様」

マアサは子供を叱るように腰に手を当て、妻の髪に指を絡めながら寛ぐカイを見下ろす。

「以前のように、お屋敷内に大事に隠しておかれるならば、それも結構でしょう」

マアサの言葉に、カイは小さな笑い声を零した。

「そうだな。本当はそうしたいところだ」

マアサは眉を上げて、呆れたように続ける。

「その割には随分と外出が増えられましたね……こう頻繁では、結い上げる方の身になって頂かなければ」

マアサのお小言のような愚痴のような――それでいて状況を喜んでいるような言葉を、カイは一向に気にした風もなく、指に絡ませたサクラの髪に口づける。

カイのその行為のためだけに、伸ばされているといっても良いサクラの髪。

その唯一の男から髪を取り返し、サクラはプイっと横を向いた。

「拗ねるな。仕方のないことだ」

「分かってます」

分かっている、ともう一度心で呟く。

マアサの言うとおり、ここのところ、公務と称されるカイの外出に連れ回されている。

髪を結い、ドレスを身につけて、宝石で着飾る。

多くの人がひしめく華やかな場に引っ張り出されるのだ。

あれが、キリングシークの皇子の妃だと、軍神の妻と囁かれる。好奇だったり、悪意だったり――様々な視線に晒される。

とても苦手な場所と雰囲気の中で過ごす、それは苦行に程近い。

できれば、行きたくない。

でも、行かなくてはいけないことも分かっている。

カイを受け入れた以上、これは避けようのないことだから。

「俺も行きたい訳ではない」

カイは苦々しく呟いた。

「だが、俺にはお前という妃がいるということを知らしめねばならん」

以前、アカネを送り込んできた時に皇帝にはしっかり釘を刺した。

今や皇帝を凌ぐ力を誇る皇太子である兄は、元よりカイの意思を尊重している。

だが、それだけでは足りないのだ。

突如として現れて皇子妃に納まったサクラを認めないと騒ぐ一部の宰相や重臣。

キリングシークの第二皇子が正妃を迎えたことさえ知らない貴族や国の王族達。

そういう輩は、ことあるごとに、キリングシークのために他国の姫君や有力な貴族の娘を娶《めと》れと騒ぐ。

カイが首を縦に振らなければそれまでとは言え、うるさいことこの上ない。

そんな雑音はいらない。

だから、知らしめる。

キリングシークの第二皇子には、何にも代え難い妻がいる。

剣の選んだ娘は、軍神の寵愛を一身に受ける正妃だと。

「俺はお前だけで良い……それを、知らしめる」

頭に浮かぶのは、今までの人生で一度として思ったことのない「自業自得」という言葉だ。

これればかりはそうであると認めざるを得ない。

攫ってきて、どこにも出さずに屋敷に留めておいた結果だ。

「こんなことなら盛大に式を挙げておくんだったな」

そうしておけば、少なくともサクラがカイの妃であることを広く知らしめることだけはできたはずだ。

カイが言うと、マアサが顔を輝かせた。

「あら、今からでも良いのではありませんか？」

一方のサクラはぎょっとした。

「いやです！」

即答する。

ここへ来て、もう一年が経とうというのに、今更だ。

しかも、これ以上、見世物になるのはごめんだった。

マアサが残念そうに肩を落とす。

「では、我慢して俺に連れ回されるしかないな。そのうち周りも静かになる。お前の姉が取り戻そうなどと思わないくらいになれば、上出来だ」

思いがけない人物がカイの口から出てきて、サクラは目を瞬《しばたた》かせた。

「……姉様？」

カイが一瞬、動きを止めた。

「口が滑ったな」

苦笑いを零す夫を、サクラはなお見つめた。

「何度か俺は会ってる。公的な場では否応《いやおう》なしに顔を合わすことがあるからな」

後ろめたさを感じているように。

「まだ、お前を取り戻したいようだ」

サクラは眉を寄せた。

取り戻す？

ここから？

そんなことは……サクラは唇を開きかけた。

だが、そこにホタルの声が割って入る。

「決めました！」

何を決めたのか。

忘れかけていた現状を思い起こす。

そう、髪を切ろうとしていたのだった。

「……どうするの？」

サクラはカイから目を逸らして、ソファから立ち上がった。

「切りません！」

ホタルはそう言った。

「……切るんでしょ？」

サクラが眉を寄せるのに、ホタルは首を振る。

どんな決意なのだ？

「切りません。長いままにしておきます」

まあ、ホタルが良いというなら、それで良い。

そして結局のところ、ホタルの一存により、髪はほとんど切られることなく、先を揃える程度に留められたのだった。

何かが妻の機嫌を損ねたらしい。

珍しく不機嫌を身に纏ったままのサクラに、さて、何がいけなかったのかとカイは考えてみる。

髪を切らないという結果はカイが招いたものではない。だいたい、サクラはさほど長いままの髪を疎ましく思っているようでもない。

だとすれば、やはり姉に会ったことを黙っていたことだろうか。それとも、何か他に理由があるのだろうか。

「サクラ」

侍女達が下がった部屋には、二人しかいない。

あえてそうと意識した訳でもないのに、自然と声に柔らかさと甘さが交じる。サクラはラグの上に座って、カイに背を向けたままだ。

ホタルのおかげで長いままの髪が、カイの方に向かって流れている。

それを手に取って、軽く引っ張った。

「……機嫌を直せ」

サクラはちらりと肩越しにカイを見た。

「私、ここにいるもの」

呟くような、だが、はっきりとした言葉だった。

「……姉様が何を言っても……ここにいるの」

愛しい妻は、「ここ」がどこであるかを示すように、軽やかにカイの胸元に滑り込んでくる。

柔らかな体を抱きしめながら、つい笑みが浮かぶのを止められない。

「……カイ様はひどい……」

責める言葉さえも、カイには甘えの囁きにしか聞こえない。

何一つ告げられずに、ただ苦しめた時を思えば、どんな言葉でも愛しい。

「……私、ここにいると決めているのに」

サクラがさらに身を寄せてくるのを、カイは強い力で抱き留める。

そうか。

この娘は攫われてきて、ここに閉じ込められているのではないのだ。

カイを愛し求め、自らここに存在している。

「サクラ」

唇を寄せる。

だが、まだ機嫌の直らないサクラは、プイっとそれを避けた。

「……いや……しません」

こんな意思表示まではっきりするようになった。

カイは笑いながら、だが、サクラの顎を摑んで強引に唇を合わせた。

サクラが拒むように腕を突っぱねたのは一瞬だけだった。すぐに、手の平はカイの背中へと回されて、指先が優しく労わるように滑った。

つい、口づけが深くなっていく。

幾度も幾度も繰り返して、ようやく慣れてきたサクラが、カイの望むように返してくるから。

止まらなくなる。

カイは立ち上がると、サクラを抱き上げた。

今夜の外出の予定は何だったか。

ホタルを呼んで、サクラを着飾らせるか。

浮かんだ考えは、すぐに頭の隅に追いやられる。

既に体は高ぶり、抑えようもない。腕の中にいるサクラは、ただ、おとなしくカイのするに任せている。

外出の予定を早々に放棄して、カイは寝室へと足を進めた。

2

夏の暑さが嘘《うそ》のようだ。

冷たい空気の鋭さに身を竦めて、サクラは毛皮のマントをかき寄せた。

隣に座っていたカイが抱き寄せてくれる。漆黒のマントの中に包み込まれた。

「寒いか？」

「大丈夫。暑いよりは、よっぽどいいもの」

言いながらも、温もりを求め、そして自らも与えるために身を寄せた。

今年の夏は散々だったから。来年は体調を崩さずに過ごすことができれば良い。

当たり前に、ここで次の夏を迎えることを考えているのに、微笑みが浮かぶ。

「ここは、寒さも厳しい。暮らしにくい場所だ」

あえて、その場所にカイは屋敷を構えているのだ。

カイは戦いを終えて戻る場所として、便利さにあふれた街の喧騒よりも、静かで穏やかなこの地を選んだのだろう。

「私、ここが好き……夏はバテてしまったけど、慣れると思うわ」

正直な思いを口にすれば、カイは頷きながら笑みを浮かべた。

「寒いのは、得意か？」

「どちらかといえば……それに、今は寒くないもの」

こうして、寄せ合う体があるから。

「今日は、どちらに行くの？」

馬車は静かに走り続けている。

カイが行き先を言わないのはいつものこと。言われたところで、サクラを待っているのは楽しいことではないから尋ねもしないのが常だ。

「気になるか？　珍しいな」

気になるのはカイの態度のせいだ。

カイはいつもよりも、少しだけ緊張しているように見えた。

「まだ、少しかかる」

それだけ言ったカイに、それ以上は問わなかった。

カイがいれば、どこでも良いのだから。

華やかな場所も、騒がしい人々にも、慣れはしないまま。相変わらず、そこは好きな場所ではないが、それでも時間が経つにつれ、サクラの存在は人々の好奇心を煽る存在ではなくなっていた。

軍神の隣にある寵妃の存在を受け入れてしまえば、彼らの興味は他に移っていくのだ。

「着いたぞ」

カイの声で、サクラは目を開けた。

どうやら馬車の揺れと、抱き合う心地好い温かさにうとうとしていたらしい。

「……行こう」

カイが少し硬い声でサクラを促した。

やはり、今日のカイはいつもと少し違う。

馬車を降りて、サクラはその理由を知った。

「……カイ様……」

カイに手を借りて降り立った場所に、驚いて目を見開いた。

「今日は姉君の婚約披露だそうだ」

カイはサクラの手を、自身の肘へと載せる。

導かれ一歩踏み出すサクラの前に建つのは、オードルの館だった。

かつてのサクラの住家。懐かしい「我が家」だった場所。

ほんの一年前までは、ここを立ち去ることなどまだまだ先の話だと思っていた。

「いらっしゃいませ」

迎え入れられる言葉。

幼い頃から仕えている執事。毎日のように顔を合わせていた使用人達が、深々と頭を下げてくる。

それが、ここがサクラの居場所ではないことを告げていた。

サクラは、招かれた者。

既にこの家を出て――キリングシークという大国の皇子妃となった者として、ここを訪れているのだ。

俯きそうになる自分に言い聞かせる。

背筋を伸ばして、胸を張って。すべきことは、堂々としていること。

執事の案内で屋敷内へと入っていく。見慣れた屋敷が、どこかよそよそしくサクラを迎え入れた。

そして。

「ようこそおいで下さいました」

今日の主催者となるオードルの両親。主役である姉と、隣には婚約者だというサクラもよく知る幼馴染の従兄。それから天使の異名を持つ妹。

かつての家族が膝を折り、頭を深々と下げて、カイと傍らに立つサクラに最上級の礼を尽くす。

皇子とその妃に。

サクラはそれを受け入れながら、カイの様子がおかしかった本当の理由を知った。

思い知らされたから。

既に、サクラの地位は、オードルの家をはるかに超えてしまったのだ。

両親にとって娘は、庇護すべき存在ではない。公にあっては、姉妹にとって、サクラは無邪気に戯れ合うことも許されない存在なのだ。

サクラは、カイの肘に添えた手に一瞬だけ力が入るのを止めることはできなかった。

気がついて、すぐに力を抜き、カイを見上げる。

無表情に見える中、瞳が心配げに見下ろしてくるのに微笑んでみせた。

分かっている。

変わってしまったのだから。私自身は何も変わっていないつもりでも。

カイの妃になるとはこういうこと。

でも、大丈夫。

サクラは――かつての家族に、静かに礼を返した。

心は痛まなかった。

一瞬走ったのは、無邪気だった時代に決別した寂しさだったかもしれない。

でも、もう覚悟は決めて久しいから。

だから、大丈夫だった。

婚約披露が始まってしばらく、サクラはカイの許しを得て、そっとバルコニーに出てみた。

そこは、以前はサクラの逃げ場所だった。

常に姉や妹と比べられて、それに耐えられなくて、ここに幾度となく逃げ込んだ。

あの冬の日もそうだった。ここにサクラは逃げ込んで、白い獣が現れて——そして、剣に選ばれた。

「姉さま」

背後から懐かしささえ覚える声に呼びかけられ、サクラは微笑んで答えた。

「アオイ」

人間離れした美しさを誇るアオイが、珍しくも微笑みではない表情を浮かべて、サクラへと抱きついた。

もちろん、サクラにそれを拒む理由などなく、受け止めて抱き返す。

「会いたかった」

あまり感情を露わにすることのない妹の掠れた声に、己がどのようにしてここから去ったのかを思い出して。

「うん」

姉のように自らサクラに会いに来ることのできないアオイが、どれだけ不安だったたか。

妹の心中に思い至り、サクラは宥めるように、自分と変わらない背丈の背を撫でた。

「……サクラ、アオイ。二人とも髪が乱れてしまうわ」

ほんの少しの間を許して、二人を咎める、だが、決して叱責ではない柔らかな口調に、久しぶりの邂逅《かいこう》となった姉妹は身を離して、そちらを見やった。

「姉様」

今日の主役である姉は、いまだかつてなく美しい。女神の凜々《りり》しさをそこかしこにちりばめながら、嫁ぐ娘の初々しさを纏っている。

「泣いてるかと思ったわ」

その言葉に、アオイが身を強張らせた。

サクラはアオイの手を握り、キキョウには頷いてみせる。

そう、ここは泣き場所でもあったのだ。

いつも、華やかな光から逃げてきた場所。

それをこの二人は知っていて、心配をかけていたことだって分かっている。

「大丈夫。分かってるから。自分で選んだの……だから、大丈夫」

だから、サクラは、姉を妹を、まっすぐに見つめて告げるのだ。

これが本心。

妹のように美しくはなくても。

姉のように強くはなくても。

もう迷いはない。己で選んだ現在を誇って胸を張る。

「貴方は……もう大丈夫なのね」

俯いたのは姉の方だった。

口元には笑みが浮かんではいたが、それはどこか寂しげだった。

「姉様？」

サクラはキキョウに近づいて、その手を取った。

「……寂しいわ……」

「姉さま」

アオイの左手はサクラの手を握り、右手がキキョウに伸びる。

キキョウはその手を取って。

「いずれ、アオイも嫁いで……ここは私だけになってしまう」

姉のそんな思いを初めて聞いた。

確かに、サクラが去り、アオイもそう遠くないうちに、どこかへ嫁ぐ。

姉は、ここに残される者なのかもしれない。

「でも、ラオ様がいるでしょう」

優しい年上の従兄は、この姉の拠《よ》り所《どころ》になれるはずだ。

そして、そこから始まる。

「いずれ、子供ができるわ。ここは、私達が小さかった頃みたいに騒がしくなるの」

小さな子が走り回る。高く明るい声が響く。きっとそうなるから。

サクラは「ね？」と姉に微笑んだ。

キキョウは頷いた。

「……姉さまは……」

ずっと二人のやりとりを見ていたアオイが口を開きかけ、だが、それは続くことなく。

「サクラ」

呼ばれてサクラが振り返る。

キキョウが眉を寄せながらも、アオイは無邪気さを少し潜めて膝を折り、近づいてくるカイを迎えた。

「……もう少し、姉妹水入らずでお話しさせて下さってもいいのではありませんか？」

剣呑《けんのん》な瞳で見上げるキキョウに、カイは小さくため息をついた。

「そのままどこかに隠されてしまいそうだな」

ごくごく自然にサクラに近づき、傍らに立つ軍神。

それを、困ったような笑みを浮かべて迎える妻。

キキョウの目にも、それは当たり前のような光景に映った。

「それもようございますね。私、貴方様がサクラにした仕打ちは忘れてませんもの」

なんだか少しだけ悔しい気がして、キキョウはそんな憎まれ口をたたいた。

皇子は少し考えるような素振りをしてみせる。

「……式も挙げず、誓いの言葉も告げず、攫って閉じ込めた……だったか？」

覚えていたのか。

それらは、確かにキキョウの言った言葉だ。大事な妹を攫っていった傍若無人な皇子は、あの時、その言葉に僅かも揺さぶられはしなかった。

象徴とも言えるその色の違う双眸で、冷たくキキョウを見下ろしただけだった。

だが、今、同じ男は隣に立つ妻を温かい眼差しで見下ろしながら、キキョウに返した。

「式ならば挙げてもいい。しかし、サクラが嫌がる。説得してもらえるのか？」

キキョウはきょとんとする。

その横ではアオイがよく分からない、といった風にサクラを見つめていた。

「……カイ様」

サクラがばつの悪そうな顔で、カイを睨む。

「誓いは、サクラには何度となく立てているが……必要ならば、そちらの望みの言葉で誓ってやろう」

サクラの頬がさっと染まる。

その様が艶っぽく、愛らしく――キキョウの知らない女性のようだった。

「どんな誓いを立てられているのやら」

思わず零した呟きに、サクラはさらに顔を赤らめて俯いてしまった。

カイが宥めるようにその染まった頬に手の平を添えると、顔をそむけてその手を避ける。

その妹の様子は昔ながらの拗ねたサクラで、キキョウはプッと吹き出した。

この妹は。

私の大事な妹は、なんて、鮮やかな女性になったのだろう。

「……どうやら噂は本当のようですね」

この一年、様々な噂がキキョウの元へ届けられた。

皇子の正妃を嘲笑するもの。皇子の素行をまことしやかに囁くもの。

どれが本当で、どれが偽りなのか。

確かめる術もないまま、ただ妹の身を案じていた。機会さえあれば、間違いなく取り戻していた。

だが、ここしばらくで噂は変わったのだ。

剣の選んだ妃は、軍神の寵愛を一身に受けている、と。

どこに連れていても、その愛でぶりは眩しいばかりで、もはや何人も入り込む隙はない。

そんな噂も、今日まで真偽を確かめることはできなかった。

軍神は、あちらこちらにサクラを連れ立ちながら、実に巧妙にオードル家を避けていたようだ。

それが、サクラの心中と皇子の心配の結果だとすれば、これもまたキキョウの笑いを誘うではないか。

キキョウはくすくすと笑い続け、「姉様……笑い過ぎ」サクラが拗ねて、カイの胸元に顔を隠してしまっても、それは止まらなかった。

なんとか笑いを抑えようとしながら、キキョウはそのサクラの様子に一抹の寂しさを覚えると共にほっとする。

妹の逃げ場所は――――今はもう、寒いバルコニーではない。

夫の腕の中なのだ。

「他には、何が必要だ？」

軍神は胸元に隠れた妻を見下ろしながらキキョウに尋ねてきた。

キキョウは、サクラを見たまま呟くように言う。

「式も誓いもサクラが望まないなら、本当は必要ないのです」

そして、カイを見つめた。

カイがサクラを愛しいと思っているならば、望むことは一つだ。

「どうか、いかような戦にご出陣なさろうと、ご無事でサクラの元にお戻り下さい」

妹が泣かないですむように。

サクラがカイの胸元から顔を上げた。

キキョウをまっすぐに見つめてくる視線が、全て承知しているのだと語っていた。

「貴方様に望むのはそれだけです。あとは野暮でしょう。私の耳にも入ってきています。

軍神殿の新妻への執着ぶりは」

サクラは再び恥ずかしげに俯いた。

妹はきれいになった。

凛として、胸を張る姿。

そして、しなやかに夫へと寄り添う姿。

そこにはもはやキキョウの陰で俯いていた少女の姿はない。

「……俺が戻るのはサクラの元だけだ」

この男がサクラを変えたのだ。

「姉さまは……強くなりました」

アオイが囁いた。

それは、先ほど途切れた言葉の続きだろう。

本当に。

妹は大丈夫なのだ。

「……姉さまは、軍神様の花嫁様なのですね……」

取り戻すも何もない。サクラは、もう、キキョウの助けを必要とはしていない。一人の女性として、きちんと己が行くべき道を選択したのだ。

キキョウは微笑んだ。心からの笑みだった。

そして、漆黒の軍神と、その花嫁に深々と頭を下げた。

エピローグ

破魔の剣が呼ばれる。

今この時まで、サクラに微かな存在感さえを感じさせることなく眠り続けていた剣が目を覚ます瞬間。

カイが剣を必要としているのだという標《しるし》の突風に慣れたくはないと思いながら、しかし、その覚醒を妨げることなく、むしろ促すように。

サクラは剣の躍動にその身を任せる。

激しく吹き荒れる風に、眠りに備えてゆるく編み込んだ長い髪が巻き上げられ、身につけた薄手の寝着がバタバタとはためく。

それも数秒。

旋風は、ピタリと止む。

存在を感じさせない剣に不思議と喪失感を覚えながら、カイの元にそれが届いた確信にほっと息をついた。

昼であれば、ホタルを呼んで身を整えるところだが、今晩はその必要もないだろうから手櫛《てぐし》で髪を適当に整えて、柔らかな素材の寝着は軽く揺らせば元通りだ。

サクラが身なりを整え終えた時を見計らったように、バルコニーへと続く扉がコンコンとノックされる。

そこに何が在るのか。

サクラは迷うことなく扉を開ける。

「タオ」

思い描いたとおりの純白。

月のない夜であればこそ、月が降り立ったように仄かに輝く美しい魔獣。

タオは、サクラの脇をすり抜けて部屋に入ると、我が物顔でストンとラグの上に横たわった。

その堂々とした、かつ優美とも言える有様に、つい笑いながら歩み寄り、真ん前にペタリと座り込む。

「こんばんは。元気だった？」

約束してはいないけれど、こうして必ず現れてくれる存在。

タオがサクラの傍らにいて守ってくれるから、カイは迷わず破魔の剣を呼ぶことができるのだ。

あのアルクリシュでの一件は、確実にサクラに恐怖心を植え付けた。

サクラのように力のない者が、カイの大事な者となることがいかに危険か。

分かっていて、それでもサクラはカイの側にいることを選んだのだから。

だから、タオの庇護を受け入れ、そして心からの感謝を――。

「そうそう、ブラシを手に入れたのよ」

サクラはとある物を思い出して立ち上がる。

タオのために何かを準備することは、カイが魔獣に対峙することを促すようで、罪悪感を覚えていたのだが。

それを見透かしたように、カイに「お前の忠実な護衛騎士に褒美を与えるのに何を躊躇《ちゅうちょ》することがある？」と背中を押されて手に入れたのは、大きなブラシ。

サクラがその身を撫でるととても気持ち良さそうに弛緩《しかん》するタオのために、入手した逸品である。

人のものでは小さいし、馬用では硬いだろうか。

そんな要領を得ない相談に、カイを含め、タオの姿を知る屋敷のみんなが親身になってくれて辿り着いたのが、最近、流行《はや》っている長毛の猫用のブラシだ。

タオの大きさに合わせてオーダーメイドしたそれは、サクラの手に馴染むようにと持ちやすい柄がつけられている。

どう？　とそれを見せると。

興味を持ったのかタオが身を起こした。

まずは背中から、とブラシを近づけると、しかし何故かタオはそれを避けて、急にブルリと身を震わせる。

普段は老成した翁《おきな》のように穏やかなタオの、水浴びを終えた犬そのものの仕草が珍しく、ぱちくりと目を瞬かせたサクラの前に、ポテッと何かが落ちた。

それはもちろん水浴びさえしていないタオの身から落ちた雫《しずく》であるはずもない。

淡いグレーのフワフワとしたカタマリ。

見覚えは、ある。

「……アシュ？」

まさか、と思う。

あの子は、破魔の剣の気に耐え切れずに、消えてしまったとカイが言っていた。

きっとよく似た別の子。

でも。

「アシュなの？」

もう一度、呼びかける。

チッと小さな鳴き声が返った。

少し小首を傾げてサクラを見つめる小さな魔獣。

サクラの視線や呼びかけに戸惑うように、前足を忙《せわ》しなく動かす魔獣を、タオの大きなマズルがコツンと突けば、コロンとサクラの膝元に転がってきた。

さすがに素早く、すぐにくるりと体勢を整えて、ちょこんと座りサクラを見上げて「チッ」と鳴く。

久しぶり、遅くなってごめんね。

そんな感じ。

「……無事だったの……」

手を差し延べれば、スリスリと身を寄せてくるのを、抱き上げた。

「……もう、すごく心配したのよ……」

ペロリと大きな舌が頬を嘗める。

小さな濡れた鼻がサクラの鼻先にチョンと触れる。

失った時は堪えた涙が、止める術なく溢れて零れていた。

サクラが剣に身を貫かれたあの時。

タオはアシュを連れて逃げてくれたのだろう。

アシュは弱いから、剣の気配を残すサクラの元にすぐには戻すことはできなかったのかもしれない。

時間をかけてアシュを癒《いや》し、サクラに巡り合わせるその時を紡いでいてくれたに違いない。

「……タオ、貴方には本当にいくら感謝しても足りないわ」

そう言うサクラの手に、アシュを抱き上げたことで転がり落ちたブラシをタオが鼻で寄せる。

さあ頼む、というように背中を見せて横たわる体に、サクラは久しぶりの温もりを膝にしながら、ブラシを滑らせた。

「……今日中に決済頂かねばならないのは以上です。本日はここまでにしましょう」

本日の決済分、として準備された書類の三分の一ほどを捌いたところで、タキがそう言った。

カイの伴侶として生きていくのだとサクラが決心をしてから、最もその関係が変わったのはタキだろう。

剣の鞘として、ただただ屋敷に留め置くだけの存在から、女主人へと。

それを顕著に態度で示したのがタキだ。

遠慮なく、それはもう容赦なく、サクラに女主人としての役目を求めるようになったのだ。

もともと、いずこかの貴族に嫁ぐために教養を身につけていたサクラだから、大きな問題はないと言えるだろう。

とは言え、カイは皇族であるが故に、求められるものはその上をいく。

足りない部分を補い、指導してくれるタキは、なかなかにスパルタで、マアサやホタルが心配げにそっと窺っていることも少なくはない。

「タキ様の、サクラ様の限界値の見極めがすごいです」と怯えたように言うホタルに、マアサがうんうんと頷いていたのは、つい最近の話である。

そんなタキが仕事の半分も終えていないサクラを気遣うのは、もちろん剣がカイの元へと呼ばれたから。

かの人が今この時も魔獣と対峙しているかもしれないということを、サクラが憂慮しているから。

その優しい気遣いに、だが、サクラは首を振った。

「大丈夫です。続けます」

カイの妻として生きていくことを決めた。

であれば、カイが破魔の剣の使い手である以上、この緊迫と焦燥は逃れられないものだ。

サクラにできることは、それに怯えて籠ることではなく、己にできることをすること。

カイが戻る時に何一つとして、憂えることのないように。

タキは一瞬だけ、戸惑うような仕草を見せはしたものの。

「……では、こちらの書類のご説明をしてもよろしいでしょうか」

差し出された書類を受け取りながらちらりと足元を見やれば、寝そべるタオのしっぽにアシュがじゃれているのが目に入る。

サクラの目線を追うタキもそれに気がついて、二人してふっと肩の力が抜けた。


大きなタオは枕元に。

小さなアシュを胸元に。

微睡むサクラを目覚めさせたのは、タオが身じろいだからだ。

何かを感じ取ったのだろう。

純白の四肢がベッドから音なく降りれば、やはり目覚めたアシュがそれに続いた。

窓辺に佇む魔獣を放つために、サクラもベッドから降り立つ。

小さな音を立てて鍵を外し、バルコニーを開け放った。

吹く風は、春から夏へと変わろうとするそれ。

緩やかに風に揺れる髪は、まもなく剣の帰還に巻き上がるに違いない。

アシュが、サクラの肩に駆け上がり、名残惜しげに一度だけ、柔らかな毛に覆われた額を押し付けた。

それに返すように、鼻先にキスを。

そして屈み、タオをぎゅっと抱きしめる。

再会を約束する言葉は口にしない。

それはカイが剣を手にする時を待ち望むのと同じだ。

この子達に会えることは嬉しいけれど、それでも、サクラはカイに平穏が訪れることを願うから。

アシュが、タオの背に飛び移るやいなや、タオの体がサクラの部屋を飛び出していく。

「元気でね」

この子達に願うのもそれだけ。

一つにしか見えない二つの魔獣の姿を見送り見上げれば、空にはまもなく満ちる時を迎える月。

カイが戻る頃は満月だろうか。

そんな風に思った時、ブワリと髪が巻き上がり、剣が自らの帰還と共に、カイの無事をサクラに届けた。

満月の夜

今晩は月が出ている。

冴え冴えと明るく地上を照らす満月だ。

魔獣達は、その光を嫌い、どこかに身を潜めているのだろう。

「……何を見ている？」

眠たげな声で、夫が尋ねてくる。

「月を」と答えながら、サクラはカイの隣に身を横たえた。

すぐにカイの腕が伸びてきて、何も身につけていない肌がぴったりと寄り添う。

「……今夜は満月なの」

カイは頷いた。

「満月の夜は……静かだ」

そう、とても静かだ。

だから。

眠れるだろう。

「カイ様」

名を呟くと、口づけを求められる。

熱さを再燃させないように、そっと唇に触れて、それから額と頬にも。

「お休みなさいませ」

ごゆっくりと。

しばらく許された時間に身を委ねましょう。

剣を真に納めて。

軍神は――――穏やかな……静かな……眠りにつく。

私の傍らで。


（了）

＜初出＞

本書は、「小説家になろう」に掲載された『軍神の花嫁』を加筆、訂正したものです。

エピローグは書き下ろしです。

＊「小説家になろう」は株式会社ヒナプロジェクトの登録商標です。

この物語はフィクションです。実在の人物・団体等とは一切関係ありません。

メディアワークス文庫

軍神《ぐんしん》の花嫁《はなよめ》

水芙蓉《すいふよう》

2023年４月25日　初版発行
2024年12月15日　９版発行

発行者　山下直久
発行　株式会社**KADOKAWA**
〒102-8177　東京都千代田区富士見2-13-3
0570-002-301（ナビダイヤル）
装丁者　渡辺宏一（有限会社ニイナナニイゴオ）
印刷　株式会社KADOKAWA
製本　株式会社KADOKAWA

Printed in Japan
ISBN978-4-04-914827-5 C0193

メディアワークス文庫　https://mwbunko.com/

本書に対するご意見、ご感想をお寄せください。
あて先
〒102-8177　東京都千代田区富士見2-13-3
メディアワークス文庫編集部
「水芙蓉先生」係

黒狼王と白銀の贄姫

辺境の地で最愛を得る

高岡未来

既刊2冊
発売中!

彼の人は、わたしを優しく包み込む――。

波瀾万丈のシンデレラロマンス。


　妾腹ということで王妃らに虐げられて育ってきたゼルスの王女エデルは、戦に負けた代償として義姉の身代わりで戦勝国へ嫁ぐことに。相手は「黒狼王（こくろうおう）」と渾名されるオルティウス。野獣のような体で闘うことしか能がないと噂の蛮族の王。しかし結婚の儀の日にエデルが対面したのは、瞳に理知的な光を宿す黒髪長身の美しい青年で――。

　やがて、二人の邂逅は王国の存続を揺るがす事態に発展するのだった…。

　激動の運命に翻弄される、波瀾万丈のシンデレラロマンス！

【本書だけで読める、番外編「移ろう風の音を子守歌とともに」を収録】

メディアワークス文庫

拝啓見知らぬ旦那様、離婚していただきます〈上〉

久川航璃

既刊3冊発売中!

第6回カクヨムWeb小説コンテスト《恋愛部門》大賞受賞の溺愛ロマンス!

『拝啓　見知らぬ旦那様、8年間放置されていた名ばかりの妻ですもの、この機会にぜひ離婚に応じていただきます』

商才と武芸に秀でた、ガイハンダー帝国の子爵家令嬢バイレッタ。彼女には、8年間顔も合わせたことがない夫がいる。伯爵家嫡男で冷酷無比の美男と噂のアナルド中佐だ。

しかし終戦により夫が帰還。離婚を望むバイレッタに、アナルドは一ヶ月を期限としたとんでもない"賭け"を持ちかけてきて——。

周囲に『悪女』と濡れ衣を着せられてきたバイレッタと、今まで人を愛したことのなかった孤高のアナルド。二人の不器用なすれちがいの恋を描く溺愛ラブストーリー開幕!

メディアワークス文庫

薬師と魔王（上）
永遠《とわ》の眷恋《けんれん》に咲く

優月アカネ

既刊2冊
発売中！

**元リケジョの天才薬師と、美しき
魔王が織りなす、運命の溺愛ロマンス。**

元リケジョ、異世界で運命の恋に落ちる——。

薬の研究者として働く佐藤星奈は、気がつくと異世界に迷い込んでいた——！

なんとか薬師「セーナ」としての生活を始めたある日、行き倒れた男性に遭遇する。絶世の美しさと、強い魔力を持ちながら病弱なその人は、魔王デルマティティディス。

漢方医学の知識と経験を見込まれたセーナは、彼の専属薬師となり、忘れ難い特別な時間を共にする。そうしていつしか二人は惹かれ合い……。

元リケジョの天才薬師と美しき魔王が織りなす、運命を変える溺愛ロマンス、開幕！

メディアワークス文庫

サトリの花嫁
～旦那様と私の帝都謎解き診療録～

栗原ちひろ

特別な目を持つ少女×病を抱えた旦那様の明治シンデレラロマンス。

「わたしが死ぬまでのわずかな間に、あなたに幸福というものを教えてあげる」

幼い頃に火事で全てを失い、劣悪な環境で働く蒼。天性の観察眼と記憶力で苦境を生き抜く彼女の心の支えは、顔も知らない支援者“栞の君”だけ――しかしある日、ついに対面できた彼・城ヶ崎宗一は、原因不明の病魔に冒されていた。宗一専属の看護係として城ヶ崎家に嫁ぐことになった蒼は、一変した生活に戸惑いながらも、夫を支えるために医学の道を志すが――？

文明華やかな帝都・東京。「サトリの目」で様々な謎を解明しながら、愛されること、恋することを知る少女の物語。

メディアワークス文庫

天詠花譚
不滅の花をきみに捧ぐ

梅谷 百

あなたと出会い、“わたし”を見つける、
運命の和風魔法《マジカル》ロマンス。

　明治２４年、魔法が社会に浸透し始めた帝都東京に、敵国の女スパイ蓮花が海を越えて上陸する。目的は、伝説の「アサナトの魔導書」の奪還。
　魔導書が隠されていると言われる豪商・鷹無家に潜入し、一人息子の宗一郎に接近する。だが蓮花の魔導書を読み解く能力を見込んだ宗一郎から、人々の生活を豊かにする為の魔法道具開発に、力を貸してほしいと頼まれてしまい……。

　全く異なる世界を生きてきた二人が、手を取り合い運命を切り拓いていく、和風魔法ロマンス、ここに開幕！！

メディアワークス文庫